ぷちぱら文庫
Honey《ハニー》*Honey《ハニー》*Honey《ハニー》!
-好意全開妄想少女は心も体も近すぎる-
著 シト
画 大空樹
原作 おうちじかん

Honey*Honey*Honey!

Honey《ハニー》*Honey《ハニー》*Honey《ハニー》!

CONTENTS

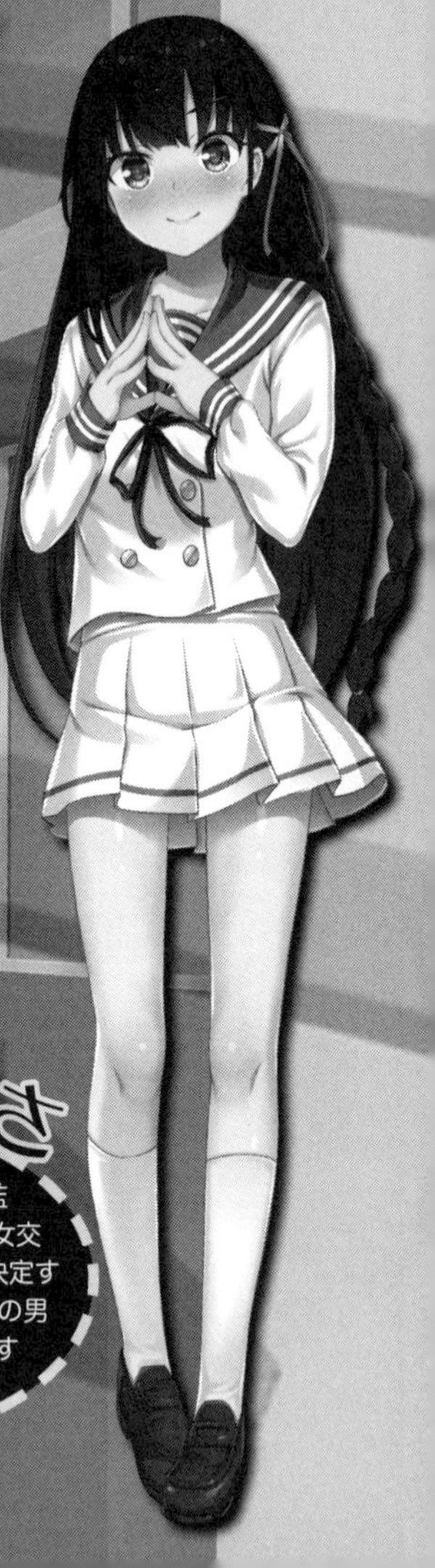

遠《とお》野《の》つかさ

St.聖域学園二年生。「恋愛監査部」部長で、学園での男女交際について認可・不認可を決定する立場。しかし、近接距離の男女を見ると過激な妄想をする悪癖がある。

三峰《みつみね》みゆき
St. 聖
域学園の教師。ちょっ
とユルいが優しい先生とし
て学生の信頼も篤い。主人公・
舜とは幼少時にご近所付
き合いをしていた。
近森《ちかもり》アリカ
St. 聖
域学園一年生。男女接
近法に反対し、示威行動を
起こすことも。好きな相手と
はスキンシップをとるべ
きと考えている。

プロローグ

「ちょっとドキドキするね。こんなふうに、堂々とふたりで外を歩くの」

つかさとふたりで、並んで街中を歩く。それだけを見たら何もおかしくない。学生の男女が放課後にデートをする。至って普通だ。

でも、それが普通じゃなくなった。

「そうだな。ちょっと周りの人の視線も気になるし」

「うん……私たち、やっぱり浮いちゃってる……よね」

「でも、俺たちの交際はちゃんと認可されてるし、法律を破ってるわけじゃないから大丈夫……なはずだ」

「……うん。そうだよね」

男女接近法。

男と女は互いに適切な距離を取り、触れては……ひいては近づいてはいけない、という法律。それが、今の世の中に広く浸透したものだった。

多数発生するセクハラ問題を解消するために制定された法律。それは一般社会でも、俺たちが通う学校でも同じこと。

　でも、俺とつかさは今、堂々と街中を歩いてデートを楽しんでいる。そんなふうに、男女が交際をするには、認可を受ける必要がある。俺たちも学校でしっかりと認可を受けた身だ。

「何かあったら、認可シール、見せれば大丈夫だもんね」

「ああ。だから今はふたりの初デート、楽しもう」

「うん！」


　なんというか、今まで女子と触れ合うなんて……ましてやデートだなんて経験がないから、ちょっと戸惑う。俺もつかさもふたりでしたいことをすれば良い……んだろうけど。

「どうしたの？　舜《しゅん》くん」

「ああいや、なんでもない」

　もうすっかり緊張がなくなったのか、笑顔で歩くつかさ。俺は変わらず、言いようのない胸の高鳴りが続いている。それでも、いつまでもこうやって並んで歩いてるのも意味がない。せっかくふたりきりなわけだし。

「どこ行こっか」

　つかさから訊かれて思う。考えてくれれば良かった。つかさの行きたそうなところとか、見繕ってから来るべきだったな……。

「つかさは、どこか行きたいところあるか？」

「うーん、舜くんとだったらどこでも良いよ」

「そっか。そうなると……」

「そうだ。映画館とかどうかな？　定番だよね？」

「お、良いな。映画観にいくか」

「うん！　ちょうど観てみたい映画あったの」

映画館なんて久しぶりだ。小さい頃に何度か行ったことがある程度。親に連れられて行った記憶がぼんやりあるくらいで、同級生となんて初めてだ。ましてや彼女となんて……。

「小さい頃って、劇場が暗くなるの、わくわくしたよね」

「あーわかるかも。子どもの頃って暗くなるとわけもなくテンション上がるっていうか」

怖いところもあるけど、ああいうみんなが集まってるところが暗くなるのは、なんだか楽しかった。暗がりでガヤガヤした雰囲気が、なんとなく心地良かった。

「暗いところで舜くんとふたり…………か、体とか触っちゃダメだからね？」

「しねぇよ！　なんだよ急に」

今日ここまで緊張しっぱなしだったから忘れてたけど、つかさのこの少し明後日の方向にいってしまう妄想というか……。恋愛に関する知識がどこかズレてるんだよな……。

「だって映画館って、そういうスポットだって、本に書いてあったし……」

偏った本やネットの記事を見ているのが原因らしい。

「その……男の子が女の子の、おっぱいとか触って……みんなにバレないからって……」

「俺やらないって」

「声を我慢してるのが興奮するって……書いてあったんだけど…………そう、なの？」

「だから俺やらないって」

まぁ……そういう趣向があるのはわかるし、理解できるけど。

「ほら、変なことばっかり考えてないで、行くぞ」

こんな会話を誰かに聞かれても困るし、恥ずかしい。俺はつかさの手をとって映画館へと向かう。

「あっ…………うん」

映画館から出て、休憩がてら喫茶店へと寄ったあと。

「そういえば……舜くんのお家、まだ行ったことないね」

「ん？　ああ」

言われてみればそうだ。つかさと付き合うようになったけど、俺の家に招いたことはない。俺がつかさの家に、勉強を見てもらう名目で行ったことはあったけど……。今はもう、そういう建前とか必要なくなったしな。

「来る？　特に何もないけど」

「良いの？」

ニコニコしていたつかさの顔が、さらにぱぁっと明るくなる。

「退屈かもしれないけど」

「舜くんと一緒なら退屈なんてしないよ」

「わかった。それじゃ……帰りに家に寄っていくか」

「うん」

でも……何するかな……。つかさは退屈しないとは言ってくれてるけど、彼女を呼んでもてなせるようなものなんて何もないし……。ゲームするわけにもいかないよな……。

そんなことを考えている間に自宅に着く。

「わ。綺麗だね」

「何もないとも言うけどな」

実際、何もない。まぁ、散らかった部屋を見られなかったぶん、良かったか。

「………」

「……どうした？」

「部屋中、舜くんの匂いがするね……。こ、こういうところに、その……えっちな本とか、あったりするの……？」

ベッドの下をチラチラ見ながら恥ずかしそうに呟くつかさ。

「つかさの部屋みたいなことはない」

前につかさの家に行ったとき、部屋でいくつかエロ本を見つけた。つかさ曰く、恋愛とか男女の関係とかを知るためのもの、と言ってたけど……。普段、ことあるごとに変な妄想に繋がるのは、そういうところが原因な気がしてる。

「とりあえず……ベッドにでも座ってて」

「うん」

「さて……何するかな」

「ふふ……これが舜くんのベッド……舜くんの匂いだね……なんだかちょっと、ドキドキしてきちゃった……」

「………」

ベッドに座らせたの失敗だったかもしれない……。妄想に耽ってるときのようになっている。こうなったら、こっちの世界に戻ってくるように名前を呼ぶしかないんだけど……。

「ねえ……舜くん」

「なんだ？　エロ本とか、変な道具とかもないからな」

と言ったところで、つかさの様子が少しおかしいことに気がつく。顔がほんのり紅潮していて、心なしか目がとろんとしている。

「どうした……？」

「男の子が、女の子を部屋に入れてくれたら……もう、その気なんだ……って、本で読んだの」

「……っ」

「私からお家に行って良いか訊いたのに……変なこと言ってるのはわかってるんだけど……でも、恋人になったら、女の子のほうからも、どんどんいくべき、って」

胸の鼓動が高鳴っていくのを感じる。無意識のうちに、つかさとの距離が縮んでいき、お互いの顔が近づく。

そして、唇と唇が触れ合った。

「ん……っ、ちゅ……ちゅぅ、んっ……んちゅ……」

「……っ、んん…………はぁ…………」

柔らかく温かい唇が、優しく押し当てられる。

「つかさ……良い、のか……？」

「うん……だって、舜くんだもん。もう一回、しよ？」

つかさの問いかけに小さく頷く。

　そして再び口づけ。

「んっ……ちゅ……ちゅ、っ……んん……んふ……んちゅっ…………っ……」

　さっきよりも長い口づけ。お互いの体温を感じながら、キスを続ける。唇の隙間から弾力のある舌が伸びてきて、絡み合う。多量に分泌された、ねっとりとした唾液が、それぞれの口内に流れ込んだ。

「はぁ……はぁ……キス、気持ち良いね」

「ああ……最高だ」

　頭がぽわぽわとしてくる感覚があった。体が軽くなって、宙に浮いてしまいそうな感じ。全身の力が抜けて、熱っぽくなっていく。

　そしてその反射とも言える感覚は、下腹部にも表れていた。

「……………舜くんのここ、膨らんでる」

　つかさの視線が俺の目ではなく、下に向いているのがわかる。ズボンの上からでもしっかりと主張するものがそこにあった。

「苦しそう…………大丈夫？」

　好奇心と不安げな感情と……色んな気持ちが混じったような表情を浮かべるつかさ。大丈夫といえば大丈夫だけど、このまま感情を鎮めることも難しい。むしろ気持ちは入ってしまっている。

「大丈夫だけど…………大丈夫じゃない」

変な回答をしてしまう。自分の心の中が、冷静になれていない証拠だった。

「じゃあ…………本で見たことだけど、やってみるね」

俺は黙って頷く。すると、つかさの手がズボンのベルトに伸びた。留め具を外し、ベルトを外す。ゆっくりとチャックが下ろされて、下着が露わになった。

今まで——幼い頃を除けば——自分でしか下ろすことがなかったズボンを、こんなふうに幼なじみの女の子に脱がされることになるなんて。そういう、ひとつひとつの動作に、いちいち感情が高ぶらされてしまう。

「……パンツも、下ろすね？」

つかさの問いかけに頷く。恐る恐る、その細い指が下着のゴムを掴み、ゆっくりと下ろす。途中、突き上がったペニスに引っかかりそうになりながらも、丁寧に、気遣うようにして下げていく。

「わ……これが、舜くんのおちんちん……」

ついに、つかさの目にペニスが映った。驚いたような表情を浮かべつつも、まじまじと眺めている。そこまで見つめられるとちょっと恥ずかしい……。

「こんなに大きいんだ……」

つん、と天を向いていきり立つペニス。じっくりと誰かに見られることなんて初めてだ……。ちょっと変な感じがする。全身がむずむずとしてくる。焦れったさも……。

「うぁ……っ」

今まで見ていただけだったつかさが、ペニスに手を伸ばす。そのまま優しく包み込まれた。ふわ……と柔らかい、女の子の指だ。

「熱くて硬い……これが勃起っていうんだよね」

「あ、あぁ……」

当たり前だけど、人に触られるのなんて初めてだった。自分以外の手が、ペニスを握っている感触が、なかなか慣れない。でも、悪くない気分だった。

「手でしこしこって擦ったら、おちんちん、もっと大きくなるの？」

「いや、これ以上は……どうだろ」

「ふふ……じゃあ、やってみるね」

つかさの手が、ペニスを握ったまま上下に動く。不安なのか、力はあまりこもっていない。でも、そういう身体的な刺激より、つかさにしてもらってるという精神的な刺激がかなり強かった。快感が全身を駆ける。

「またちょっと硬くなってきた……」

手つきが丁寧なこともあって、根元から先端まで、ペニス全体に刺激が通る。指先がペニスの先端に触れると、腰が思わず跳ねてしまう。

「びくびくしてる……おちんちん、跳ねてるよ……つらいの？」

「そうじゃない……気持ち良いと勝手にそうなっちゃうんだ」

「そうなんだ……じゃあ、続けてても良いんだね」

「あぁ……大丈夫」

不安よりも好奇心が勝ってきているのか、徐々につかさの顔がペニスに近づいてくる。そのまま少し傾けてしまえば、つかさの瑞々しい唇に、ペニスの先端が触れてしまいそうだ。

「…………」

心の中で僅かに、期待している自分がいる。つかさの口に……俺のが触れたら……どんな感触なんだろうか……。想像するだけで、全身が上ずる。

「はぁ……ん、おちんちんの匂い、するね。これ……舜くんの匂い……」

「な、なんか……恥ずかしいな……」

つかさが目の前で、俺のペニスに向かって大きく呼吸を繰り返す。すんすんという息づかいが聞こえてきて、ちょっとくすぐったい。吐かれた息が、亀頭にふわっと当たる感触も、どこかむずむずとさせる。

「すごく、えっちだね……こんなにびくびくってしてて……もうちょっと、強くするね」

「ふあ……」

ペニスを握るつかさの手に力が入る。か細い指が、ガチガチに硬くなったペニスを優しく圧迫する。その圧が加わった状態で、ペニスが上下に、ややはやい速度で擦られていく。

「ぁっ……そ、それ……良いかも……」

「うん……続けるね……ちょっと強めに、おちんちん……しこしこ、びくびくおちんちん……手で……しこしこ」

まずい……気持ち良過ぎる……。こんな感覚、今までに経験したことなんてない……。人にされるのがこんなに快感なものだったなんて……。

「もっと……気持ち良くなること、やってみるね」

つかさの顔がさらにペニスに近づく。ゆっくりと口が開くのが見えた。ねっとりとした生温かい吐息が、ペニスに降り注ぐ。

「ん、ちゅ……れろれろ、んっ……んんっ……」

「うあっ……！」

柔らかい感触が、ペニスを包み込む。唾液がべっとりと塗りたくられていくのがわかった。なぶられている感じが、たまらない。

「んぷ……びくんって、今までで一番、おちんちんびっくりしてる……」

「いきなりだったから、びっくりしちゃってさ……」

「ごめんね、急にしちゃって……でも、これすると気持ち良いって、何かで見たことあるから」

そう言って口淫を再開するつかさ。ざらついた舌が、ペニス全体を舐め回す。手でされるのとは全然違う。立った状態でされてたら、膝から崩れ落ちてそうな気持ちよさが……。

「はぁ……んむ、ちゅ……れろ……舜くんの、おちんちん……えっちな味、する……」

「っ……くっ……」

声が出ないくらい、全身が痺れてくる。頬裏の柔肉がペニスにぴたりと張りついて、粘

着するのが心地良い。

「んちゅ……っ、またびくびくってなった……んっ、あばれちゃ、だめだよ……んちゅ……」

亀頭だけでなく、根元から全体を丹念に舐めるつかさ。舌の腹でなでられるのも、舌先で裏筋をつー……っとなぞられるのも、何もかもが快感へと昇華された。

「んんっ……ん、何か、出てきた……んじゅるっ、ぬるぬるってしてる……精液……じゃない、よね」

「我慢汁とか、カウパーって言って」

「そうなんだ……我慢汁、っていうことは、おちんちん、我慢してるの？」

「そういうわけじゃないけど、気持ち良いときに出るんだ」

「それじゃあ、んちゅ、れろれろ……もっと、出してあげるね……ちゅぷ、れろ、れろ……んぁ、れろぉ」

さっきよりも積極的に、ペニスに舌を絡ませてくる。カリ首の裏をぐるりとなでるように舐めたり、尿道口をぐりぐりしたりと、様々な責め方をしてくる。見よう見まね……という感じなんだろうけど……すごく、上手い……気がする。

舐められながら、我慢汁が出ているのは自分でも良くわかった。股間がじんじんと少し痙攣《けいれん》するような感覚があって、腰がまた勝手に跳ねてしまう。

「んぷっ……！　ん、またびくってしたね……んちゅ、れろ……おちんちん舐めるの、そんなに気持ち良いんだ……んふふ……」

ペニスを掴む手は揉むような動作で、穏やかな刺激を与えてくる。舌はペニスを根元から先端へと舐めあげ、疑似的に生温かい肉の筒に入れているような錯覚を感じさせる。

「んちゅ……んっ……おちんちん、ちょっと膨らんできた……ん、れろれろ……ぁ……んはぁ……」

「はぁ……ぁ……つかさ、俺、そろそろ……」

もう我慢できないところまできていた。初めてだったし、むしろ良くもったほうだと思う。

「んちゅ……んんっ、もしかして……舜くん、出ちゃうの？　精液、おちんちんから」

「あ、あぁ……もう我慢できそうにない……」

「んちゅ……、んぅ……良いよ、出して……いっぱい出せるように、おちんちん、たくさん舐めててあげるから」

全身の気が股間に集中していくのがわかった。これ以上なく膨張したペニスが、一瞬、さらに膨らむ。

「んんんっ……れろれろ……んちゅ、ぷちゅ……ん──はぁ、あ……はぁ……れお、れろ……ん、はむ……ちゅぷ……っ」

「うぁ……つかさ、ごめっ──」

ペニスの先端から、白濁液が弾け出る。勢い良く飛び出した精液が、つかさの顔に向かっていった。

「んっ、ひゃんっ！」

「ご、ごめん……急に……」

突然の射精に驚くつかさ。合図を出す余裕もなかった……。悪いことをしたと思いつつも、顔に精液のかかったつかさが、どこかエロくて……興奮してしまう。

「ふわ……すごい……これが射精、なんだね……こんなに勢い良く出てくるんだ……」

「はぁ……はぁ……ごめん、急に出して……」

「ううん、良いの。気持ち良かったから、出ちゃったんだよね？」

「あぁ……」

「それなら良かった……感じてくれたってことだから……」

柔らかく微笑むつかさ。顔に精液がついているのも気にしていない様子だった。

「……その、このあとって……せっくす、だよね……？」

「え、あぁ……」

「私、舜くんにしてもらいたい……舜くんとしたい……私の初めて……」

つかさはそう言うと、立ち上がって制服を脱いでいく。目の前で彼女の白い肌が少しずつ、露わになっていく。

心臓の鼓動が激しさを増していく。それと同時に、射精した直後にも関わらず、ペニスがさらに膨れあがった。さっきよりも力強く、上を向いている。

「ふふ……舜くんの、またおっきくなってる」

「そりゃ……なるよ。てか、つかさは余裕そうだな」

「……すごく緊張してるよ。胸がドキドキしてて……これからするんだ……って思うと……もう……」

「……そっか」

つかさも気持ちは同じだったようだ。お互いに初めての行為。心境がリンクしているようで、どこか嬉しかった。

「もう……大丈夫だよ」

制服も下着も、全てを払ったつかさが、目の前で仰向けになる。豊かなふたつの膨らみと、その先端の突起……。これが生のおっぱい……白くて綺麗で、つかさが体を揺らすたびに、ふわふわと揺れ動く。これ……触ったらどんな感触なんだろうか……指が埋もれるほど、柔らかいのか……？　好奇心が止まらなかった。

「ん………」

さっきまでつかさの舌で責められ、唾液でつやつやになったペニスを、割れ目にあてがう。先端を少し、割れ目の中にもぐらせると、くちゅり……と水の音がした。愛液がすでに溢れている。

「今から……舜くんのおちんちん、私の中に入ってくるんだね……舜くんと、ひとつになれるんだ……」

ひとつ深呼吸をして気持ちを落ち着かせる。これから……つかさと、セックスをする。

「…………」

こんな関係になるなんて、少し前までは思ってもみなかった。思うはずもなかった。そもそも俺とつかさは………。

一章　遠い日の記憶

「久しぶり……だな」

住宅地を歩く。十年ぶりくらいかな。それくらい時間が経った。

小さい頃から親の仕事の都合で、引っ越し、転校が多かった。その都度、色々な場所を点々として、多くの学校に通った。雪かきが必須の街だったり、年中気温が高くて観光客で賑わう街だったり……。思い返すときりがない。

ただ、あんまり良い思い出もない。友達はできにくいし、できてもすぐに別れないといけない。それがイヤだった。まぁ、段々と慣れていったけど。中学に入る頃には、仕方のないことだと思うようになった。

「それにしても……こんなに家ばっかりだったっけ」

あの頃よりも、家が密集してる気がする。もっと閑散としてたように記憶してるけど……。

「…………」

ふと、手首につけているミサンガに目をやる。変わってないのは、これだけなのかもしれない。あの頃――この街に住んでいた頃――唯一と言って良い、仲の良かった友達にもらったもの。良い思い出もあるし……俺の苦い思い出でもある。そんなふたつの感情が入り交じった、思い出のミサンガだ。

◆　◆　◆

……………。

「もう少しもう少し」

「このへん？」

子供がふたり、公園で遊んでいる。何やら虫を捕まえようとしているのか、木に向かって肩車をしているが……。

「うわっ！」

「わわっ、あぶない……！」

ふたりともバランスを崩し、その場に倒れ混んでしまう。砂埃が舞い、辺りが煙たくなる。

「いたた……」

「大丈夫……？」

「うん……って、舜くんこそ大丈夫⁉」

落ちた衝撃から我に返った子は、舜が自身の下敷きになっていることに気がついた。仰向けに寝る舜に跨がる格好となっている。

「へいきへいき」

「ケガしてない？」

「大丈夫だよ」

そう言って舜は立ち上がり、服についた砂を落とす。お互いにケガもなかったふたりは安堵の笑みをこぼした。

「あ、そうだ。舜くんに渡したいものあったんだ」

そう言って舜に差し出されたものは、ミサンガだった。その子は舜の手首にミサンガを取り付ける。

「これで出来上がり！　親友の証！」

「親友の……」

「付けてるときは、ずっと一緒だ！　大人になっても、いつまでもずーっと先まで一緒！」

「そうなんだ……！　大切にするよ！　ありがとう！」

手首に巻かれたミサンガを眺める舜。親友という言葉の響きに、どこか感動している様子だった。

それから数日後のある日。

いつものように、その子のことを公園で待つ舜。なかなかやって来ず待ちぼうけだった舜のところにようやく現れたのは、見慣れない女の子たちだった。

「ねえ……昨日、女の子とくっついてたでしょ」

「えっ」

「ダメなんだよ。男の子が女の子に近づいたら」

「ちょっと待ってよ……どういうこと……？」

戸惑う舜に対し、少女たちは言葉を続ける。

「そういう法律なんだよ」

「知らないの？」

「ぼ、ぼくは何も……」

少女たちに詰め寄られ、たまらず舜はその場から逃げ出してしまう。それ以来、舜が公園に行くこともなくなった。そして、そのまま親の都合で引っ越し、転校してしまう。

…………。

◆　◆　◆

「…………」

そんな公園もこの近くにある。家からすぐだったからな。小さかった俺にとっては良い遊び場だったんだけど。

「あのときの子は、今も元気でやってるかな」

もしかしたらあのときの友達とも再会できるかもしれない。まぁ、仮に再会できても、あっちが覚えてないかもだけど。十年も経ってるしな。ただ、もし覚えていてくれたら……

嬉しいな。

　そんなことを考えながら歩いていると、校門が見えてくる。新たな転校先だ。

『特別安全法人・St.聖域学園』

　すごいな。特別安全法人って。特別に安全って。初めて聞いたぞ。何がそんなに安全なのかわからないけど。

「ってうわっ、何これ！　気持ち悪！　なんで？」

　赤と青に色分けされた通路が、昇降口まで一直線に伸びている。初めて見たぞ、こんな通路……。

　その通路を通って校舎へと向かう学生たちが目に映る。これって、男女を明確に分けてる、ってこと……だよな？

「にしてもここまで大げさにする必要あるか……？」

　現実離れし過ぎてて……今後の学生生活に不安が……。

「あっ、あなたたち、ちょっと良い？」

「ん？」

　俺に向けられた声ではなかった。声のした、校門付近に目をやる。そこには親しげに手を繋いでいる男女に、声をかけている女子がいた。毅然とした声とは裏腹に、ちょっとだけ申し訳なさそうな表情をしているようにも見える。

「申請書、出してるかな？　カバンに認可シール、ついてないみたいだけど」

「あ、恋愛審査の……でしたっけ？」

少し聞き慣れない言葉がきこえてくる。申請書？　認可シール？　なんなんだ……？

「でもほら、俺たちめちゃ仲良いっす。な？」

「そうそう、うちらめっちゃ仲良し」

「ごめんね。決まりだから、ちゃんと出してね？」

カップルと思われる男女は、繋いでいた手を離して、それぞれ赤と青のゾーンにわかれた。肩を落としながら校舎へと向かっていく。

男女の付き合いに関して、厳しいらしい。まぁ、法律もあるからわかるっちゃわかるけど。でもここまでするなんてなぁ。

「あっ、舜くん──じゃない。折原《おりはら》くーん！」

「ん？」

カップル男女を目で追っていると、こちらに向かってくる女性がひとり。先生……か？

「はぁ……はぁ……はぁ……」

めっちゃ疲れてる。

「ふふ。おはよう。今日からよろしくね」

気さくに話しかけてくれる。今日からよろしく、ってことは、担任の先生なのかも？

「……えっと」

「あっ、ごめんなさい。私、折原くんのクラスの担任なの」

「あ、そうでしたか。なるほどなるほど」

　と思ったけど、なるほどでもない。転校生をわざわざ校門まで迎えに来てくれる先生なんて、めったにいないだろう。人一倍、優しい先生なのかも。

「よろしくお願いします」

「そんなにかしこまらなくて良いのよ」

　妙に親しげな口ぶり。仲の良い親戚の子に、久々に再会したときみたいな感じだ。

「すっかり大きくなったわね。あんなに小さかった子が、今じゃこんなに……でもちゃんと面影も残ってて……ふふ。可愛いまま育ったのね」

「へ？」

　どこかで会った人……？　と、少し考えてみたけど、思い当たる節がない。

　そんなことを考えていると、ふと、視線が先生の胸元に向いてしまう。走ってきて暑いのか、ずっと胸元を開いたままだ。

「あっ、こら。どこ見てるの」

「すっ、すみません……！」

　自分では気づいてなかったのか。じゃあ……いつもこんな感じなのか……？

「男の子だし、そういうのに興味あるのはわかるけど……女の人って自分の胸を見つめられてるの、すぐに気付いちゃうから」

「はい……」

「気をつけてね。この学校では特に」

「わかりました……」

だったら胸元しめて欲しいなぁ……。こんなの、男子はみんな気になると思うけど……。

「でもそれだけ、中身も成長したってことだもんね～」

「あの、そのことなんですけど……ちょっと思い出せなくて。どこかで会ってましたっけ……？」

「あれ、気づいてなかったの？」

「あはは、すみません」

照れたような笑みを見せる先生。ひとりではしゃいでたのが恥ずかしいらしい。

「三峯《みつみね》みゆきよ。ちっちゃい頃によく遊んでた」

「え……みゆきさん、ですか。マジですか」

みゆきお姉さん。俺が小さい頃にこの町に住んでたときのご近所さんだ。親が仕事でいないときなんかに、よく面倒を見てもらってたな。文字の書き方とか教えてくれたこともあった。

「大マジよ。そんなに変わったかかな」

「変わりましたよ……」

大人びてる。顔も……身体も。

「こうして折原くんの担任になれて嬉しいわ。何かわからないこととかあったら、いつで

も訊いてね」

「はい。お願いします」

ところで今さらだけど、先生との距離が少し遠い。２メートルくらい離れてる気がする。

「あの……遠くないですか？　話す距離」

「そういう学校なの。ほら、男子と女子で明確にわけてるから、男女で少し距離を取る必要があるのよ」

「あ、やっぱり」

さっき見た光景の通りだった。べつに良いんだけどね、異性と距離を取るのは。ただ、先生までこうだと、ちょっと話しにくいかもな。

「慣れるまで大変かもしれないけど、頑張ってね」

「はい」

「それじゃ、そろそろ教室行こっか」

みゆき先生に促され、俺が転入するクラスへと向かう。

そして校舎内に入ったわけだけど……。

「うわっ気持ち悪っ！」

廊下も、外の通路と同じ、赤と青で色分けされていた。

「私も赴任してきたときびっくりしちゃったわ」

なかなかパンチの効いた廊下だ。しばらく慣れそうにない。

「それじゃ、ここで少しだけ待っててね」

「はい」

みゆき先生が教室に入っていくのを見送る。誰もいない廊下で、呼ばれるのを待つ。

「…………」

色分け、か。戸惑いはあるけど、気の弱い女子とかは助かるのかも。女子とあんまり絡みたくない、俺みたいなやつも。

それで『特別安全』ってことかな。トラブルに巻き込まれるのはごめんだけど、相手から来ないなら何も心配ない。この学校なら、女子と接する機会も少ないはず。静かに生活できるかもしれない。

「それじゃ、入って」

「あっ、はい」

ドアを開けて、教室内に入る。

教室内は色分けされてなかった。なんでだ。外、廊下ときて、なんで教室は普通なんだ……基準がわからん。

ただ、机と机の間隔が広い。そこは、先生が言ってた通り、距離を取ってるみたいだ。

「今日からこのクラスに転入してきた折原舜です。よろしくお願いします」

「はい、それじゃあ一番後ろの空いてる席にお願いね」

「わかりました」

教室後方の空いてる席に座る。隣の席との間隔がこうも広いと、違和感ありまくりだ。

ふと、隣の席の子と目が合う。じっと俺のことを見つめていた。

あれ……と思ってすぐ、今朝の光景が脳裏に浮かんだ。男女のカップルに対して色々と言ってた女子だった。風紀委員か何かなんだろうか。

「…………」

なぜかじっと見られてる。もしかして……俺、マークされたのか？　でもそんな素振りは見せてないし……話したのもみゆき先生だけだし……。

「…………」

え、みゆき先生と話してたのが悪かったのか？　いやでも先生だし……話できないと困るし……。

この席に座ったのは、吉か凶か……。

朝のホームルームが終わり、休憩時間となった。チラチラと視線を感じてたけど、今も感じる。マジでなんなんだ……？　転校してきたばっかりだから警戒されてる……？

「あの」

「ん？　あ」

声をかけられた。距離は縮めず、あくまでこの距離感で。

「ここ、慣れるまで大変かもしれないけど、わからないことがあったらなんでも訊いてね？」

「あ、あぁ、ありがとう」

「たぶん、わからないことだらけだと思うから」

「そうだね。そのときはよろしく」

警戒……とか思ったけど、そんなに刺々しくない、良い人っぽい。風紀委員であり、委員長でもあるのかな。

と言っても、あまり女子とは関わらないほうが良いだろうな。そんなに積極的に、女子に話しかけたくないし。

「すごく久しぶりだね」

「は？」

「自己紹介のときに名前きいて、びっくりしちゃった」

今日は朝から、身に覚えのない知人が多い。まぁ、ひとり目はみゆき先生ってことで解決したわけだけど……。

「あのとき、急にいなくなっちゃったから、どうしたんだろうって思ってたんだよ」

「ちょちょちょっと待って」

俺の小さい頃に、女子の友達なんていなかったぞ。みゆき先生はそれこそ年上のお姉さんだったわけで、同い年の女友達なんて……。

「すまん、なんのことかわかんないんだけど」

「あれっ、私のこと覚えてない？」

「覚えてたら『あっ、あのときの！』ってなってるよ」

「そっか……でも、仕方ないか。見た目も変わっちゃってるし……」

肩を落とす目の前の女子。なんか……悪いことしてる気分だ……。ていうか見た目？

「私、つかさだよ。遠野つかさ。小さい頃によく遊んでた」

「ん？」

過去のことを思い返す。あの頃よく遊んでたのはひとりだ。近所の公園で男の子と毎日のように……。

「…………つかさって、あのつかさ？」

「うん。いつも一緒に遊んでくれてありがとう。嬉しかったよ」

俺が知ってるつかさは男だったはず。でも今、目の前にいるのは間違いなく女子で、しかもぱっと見は清楚な雰囲気。

「マジで？」

「うん。ほら、そのミサンガ、私があげたんだよね？」

「これ……」

手首に巻かれたミサンガに目をやる。たしかにこれは、あのときに男の子……いや、つかさからもらったものだ。てことは……マジ、なのか。

「また会えるなんて、少し縁を感じちゃうね」

「そう、だな」

とは言ったものの、つかさが女だったのは……ちょっと距離感に困るな……。

俺の脳裏に浮かんだのは、公園でこけて密着した、あのときの記憶。小さい頃だったとはいえ、男と女であんなに密着してしまっていたと思うと……。

「？　どうしたの？」

「いやいやなんでもない！　ちょっとな」

覚えてて欲しくないけど……ミサンガ覚えてるってことは、覚えてるよなぁ……。今さら触れて欲しくはない話題だけど。

「肩車してくれたことあったよね。転んじゃったけど、助けてくれて」

「やっぱ覚えてるよなぁ……！」

「ありがとうね、助けてくれて。今思うと……信じられないくらいくっついちゃってたね……」

「そう、だな」

「舜くんの上に馬乗りになって、体と体が……密着しちゃって……」

「やめやめ！　思い出すのやめ！　よくそこまで覚えてるな」

教室でこんな話をして、誰かに聞かれたらイヤだし。それもそうだね、といったふうに苦笑いするつかさ。

「あ、そうだ。あのね、実は舜くんにお願いがあるの。放課後って時間あるかな？」

「あるけど、今じゃダメなのか？」

「ダメじゃないけど、そのほうが良いかなって。学校案内も一緒にするから、そのときに……ね？」

「ああ……良いけど」

学校案内は……まぁわかるけど。なんだったら昼休みでも良いような……。何を話すつもりなんだろうか。

「じゃあ教科書の11ページを開いて――」

授業中も度々、隣の席から視線を感じる。ニコニコ笑顔で。つかさの視線が気になって、授業に集中できない。みゆき先生は、『見つめられてるのって、すぐに気付いちゃう』と言ってたけど、確かにその通りだな。

「…………」

いや、あれは『女性は自分の胸に注がれる視線に敏感』という話か。

「…………ッ！」

「……あ」

そんなことを考えていたからか、俺はつかさの制服越しの胸に視線を向けてしまっていた。完全に無意識だった。

「～～～っ」

赤面しながら自分の胸を数秒見下ろしたあと、つかさは片腕で胸元を隠す。涙目で見つめられてしまい、罪悪感に襲われる。

「……？　どうしたの、折原くん」

「あ、いいえ。なんでもないです」

みゆき先生から軽い注意を受け、素直に謝罪する。でも本当に謝るべき相手は……。

「……」

視線をつかさに戻すと、なぜか彼女のほうが申し訳なさそうにしていた。『私のせいでごめん！』とでも言いたげな顔だ。

それに対して俺も首を振り、手を合わせてごめんとジェスチャー。そのあとはつかさからの視線もなくなった。

まさかあそこまで視線に敏感だとは……女性の感性恐るべしだ。みゆき先生の話も、まんざら嘘じゃないみたいだな……。

あぁ、そうだ。話といえば、さっきOKしちゃったけど、なんの話なんだろう。勿体ぶるようなことって……。トラブル事だけはごめんだからなぁ。できるだけ女子とふたりにはなりたくないけど……うーむ。


「で、何ここ」

放課後。つかさから学校案内され、最後にやってきたのが謎の部屋。何かのプリントが詰まったような段ボール箱が、所狭しと置かれている。何かの資料室？　それとも……なんか生徒会室っぽい感じもする。

「部室。恋愛監査部のね」

「何それ」

聞いたことない。

「つーかそれ部活なの？」

「うん。そうだよ。学校からも認められてるし、ここにしかない部活なんだよ」

「だろうな。だいたい何する部活なんだ」

「男女の付き合いを審査する部なの」

そう言ってつかさは、デスクにあった一枚の紙を手に取る。そこには『申請書』の文字。

「この学校ではね、男女で付き合いたい、恋人になりたいって人は、申請書を出す必要があるの」

つかさが持つ申請書を、改めて良く見てみる。申請者名と申請理由を書く欄があった。

「これを書いてもらって、審査して、認可不認可の決定をするの。そして認可された男女には、認可シールを渡すんだよ。それが私たちの仕事」

「改めて訊くけどさ、それ部活？」

「部活だよ」

付き合いたい人たちにとっては面倒そうだ。けど、俺にはあんまり関係ないこと。むしろそういう決まりなら、より平和に過ごせそうだ。

「あれ、私たちってことは、他にも部員が？」

「いるんだけど……300人くらい」

「多くね!?　でもどこにもいなくね!?」

そんなに入れるほどの広さじゃないし、そもそもなんでそんなに……。

「みんな籍を置いてるだけで……」

「活動してないなら、入部する必要もないだろ」

「あ、あれ、先生から聞いてない？　この学校、部活は入らないといけないよ？」

「えっ、マジ？」

全然知らなかった……あとで教えてくれるつもりだったのかな。

「舜くんはどの部活に入るか決めてるの？」

「まずなんの部活があるのか知らないからな」

「恋愛監査部があるよ」

「それは知ってるよ。他には？」

「恋愛監査部！」

「一択⁉」

まぁ、どこに入ろうが幽霊部員になるだけだけど。

「恋愛監査部、一緒にやらない？　舜くんに入って欲しいんだ」

「なんでまた俺が……」

「他に協力してくれる人、いないから」

「って言ってもな……」

でも、べつに入りたい部活があるわけじゃない。帰宅部になるためにも、何かしらの部活に入らないといけないわけだし。それならとりあえず、つかさのいる恋愛監査部って部に入っておく、ってのも悪くないかも。

「……………」

それに、俺の唯一と言って良いくらいの友達のお願いでもあるし。

「わかった」

「ありがとう！　良かったぁ」

つかさから入部届けを渡され、記入する。これで俺も恋愛監査部の部員、というわけだ。

まぁ、活動するって言っても、申請書に認可不認可を押すだけみたいだしな。楽と言えば楽だ。

「それにしてもこの部活、よくひとりでやってるな。そもそもなんでつかさは恋愛監査部に入ってるんだ？」

少し気になった。たったひとりでもやることなのか。単純につかさの強い正義感みたいなものがそうさせてるのか。

「えっと、それは私のお父さんも関係してるっていうか……」

「お父さんに入れって言われたとか？」

「あ、ちょっと近いかな。今って男女で近づき過ぎちゃいけない、って法律があるでしょ？」

「ああ、結構前に決まったんだよな」

「うん。私のお父さん、その男女接近法を定めた人なの」

「ふーん…………そうなの⁉」

つかさのお父さん、そんな偉い人だったのか。

「お父さんのためにも、ちゃんとみんなに理解してもらわなきゃって」

「そういうことだったのか」

少しばかり照れたように言うつかさ。大変そうだけど、使命感みたいなものを持ってやってる、ってことだよな。なんか……立派だな。

「だから舜くんが入ってくれて嬉しいよ。これから一緒に頑張ろうね」

「おう……」

入るだけだぞ、と言うつもりだったけど、今さらそんなこと言い出せない雰囲気。

「それでね、見て欲しいものがあるんだけど」

「あ、このまま活動に入る感じなのね」

つかさが紙の束を取り出す。見た感じ、さっきの申請書と同じような感じだけど……。

「意見書？」

紙にはそう書いてあった。

「書類いくつあるんだ?」

「申請書と意見書のふたつだよ」

意見書は、学生たちが恋愛監査部に対し意見を寄せることができる、目安箱的なものらしい。最近、その数がやたらと増えてきているとのことだった。

となると……まわりに大量に置かれてる段ボール箱に入ってるのは、意見書か。多いってレベルじゃないな。

「それで、この意見書なんだけど……」

つかさから差し出された意見書に目を落とす。そこには『不認可が多過ぎる』だったり『男女の恋愛をなんだと思ってるのか』といった、批判的な言葉ばかりが並んでいた。

他にも、『部長は恋愛のことを何も知らない』、『僕たちの愛から目をそらさないでください!』、『部長! しっかりしてください!』、『部長! 次はお願いしますよ!』という、なんか部下に怒られる上司みたいな感じのものもあった。

「この、『恋愛について』の意見が多くなってきてて。でもみんなが言うのもわかるの。私、恋愛ってしたことないから……」

「…………」

眉をひそめて苦笑いするつかさ。意外だな、って思ったけど、つかさのお父さんが法を決めたってことなら、その辺は厳しそうだ。

「舜くんはあるの？　恋愛、したこと」

「………俺もないよ。つかさと一緒」

そもそも女子とつるむこともなかった。つかさは俺が女子から距離を取るようになった過去を知らない。知る前に俺が転校したんだ。そのことは……あえて言わなくても良いだろう。

「そうなんだ。おそろいだね」

「なんで嬉しそうなんだよ」

「舜くんと同じだったんだなぁ、って思って」

喜ぶポイントがよくわからん。

「それで、この『恋愛ってなんだろう』ってことについてなんだけど……」

「知らないわけにはいかないよな。監査部なわけだし」

ていうか、知らないでよく今までできてたな。

「そう。だから、恋愛を知るために、課外活動に付き合って欲しいの」

「え、俺が？　他に誰かいないのか？　手伝ってくれるやつ」

「いないよ……私、男の子の友達いないんだもん」

「………」

マジか、と思ったけど、あり得ない話じゃないよな。俺だって女子の友達なんていないわけだし。

「私が恋愛を知って、それで審査ができれば、みんな納得してくれるんじゃないかなって」

色々と大変な思いをしてるみたいだ。ひとりでこんな活動してたら当然か。

「だから、できたら舜くんとどこかに行ったり、遊んだりして……あ、でも迷惑なら大丈夫だよ。私なりに勉強するから」

「勉強？　どうやって？」

「最近はインターネットとかでやってるよ」

「ネットで……」

つかさは満面の笑みで言ってるけど、不安しかない。触れないほうが良さそうだ。というか、ネットで得た間違った知識が原因なんじゃないのか？　意見書が来るの。そう考えると、つかさにネットをやめさせるのが一番な気がしてきた。

「わかった。良いよ、手伝うよ」

「本当に⁉　良いの⁉　ありがとう！」

驚きと喜びが混じったような表情。そこまで苦しんでるなら……唯一の友人の頼みでもあるし、できる限り協力しよう。

「でもさ、距離は取らないといけないんだろ？　恋人っていったらみんなくっついてるし、どうするんだ？」

「そう、なんだけどね……でも、なんとかなるよ……たぶん」

「なるか……？」

照れながら言うつかさに疑問で返す。とはいえ、俺も外で女子とくっつくのは避けたい。また周りから何か言われるのはイヤだからな。

「恋愛について知る会は、また明日に……ね」

「わかった」

「それじゃあ……舜くんが協力してくれることも決まったし」

そう言ってつかさは、紙を二枚手に取ってデスクの上に置く。どうやら今日、届いた申請書らしい。申請理由が目に入る。

『毎日のように体操着の貸し借りをする仲。それを通じて親密な関係になったので申請』。

「毎日体操着を貸し借りって……」

「男女でってすげぇな。てかまず忘れないで持って来いよ」

なんか、バカらしい申請理由だ。もっとストレートな……どこどこを好きになったから、とか、そういうものだと思ってた。

「…………」

とか考えていると、横でつかさが頬を赤く染めていた。申請理由を見て、何か考え込んでいるようだけど……。

「つかさ?」

「体操着の貸し借り……お互いにお互いの服を着て……匂いが服について……それを家に持って帰って……」

ぶつぶつと呟くように言葉を発するつかさ。ただ、呟いてる言葉がどこか不穏というか、飛躍し過ぎてるというか……。

「不認可っ！」

「いやいや、つかさの思ってることは起きないって」

「だって匂いを嗅いでるんだよ!?　ダメだよ！　体操着は、体育の授業で使うためにあって――」

「知ってるわ！　そこじゃねぇよ！　匂い嗅いでる根拠はどこだよ！」

「そういうことをするために貸し借りしてるんだよ」

「……いやまあ、可能性ないとは言い切れないけど」

つかさの剣幕に俺も思わず押され気味になってしまう。つかさの言葉に根拠はないけど、可能性ゼロとは断言できないし……。

「異性の素肌に触れた服を着るなんて……ちょっと、エッチな感じがするし……」

考え過ぎだと思う。てか自分で言って自分で恥ずかしがるって……。つかさってもしかして、申請書の理由見るたびにこんな感じの妄想を広げてるんだろうか。だとしたら……大量の意見書が届く理由もわかる気がする。

「つ、次の申請書……」

「おう……」

嫌な予感しかしない。

「えっと……『図書室でよく一緒に勉強する中で、お互いに惹かれ合ってます。同じ大学に進学しようって話もしてます』」

「お、健全そうな理由」

何も問題なさそうに思えるけど。

「静かな部屋でふたりで……科目は……？　男女ふたりだから……保健体育……？　誰も見てないところでこっそり……」

「……………」

「不認可っ！」

「つかさの脳内が不健全過ぎるわ！」

無理矢理、そっち方面につなげてるようにしか見えない。

「これは見過ごせないよ……」

むしろ見過ごすべきだろ。こんなのが不認可になってたら、認可されるものなんて……。

「ん？」

そもそもつかさって、今までに認可したものってあるんだろうか。こんな感じだから、ない、ってこともありそうだけど。

「どうしたの？」

「いや、今までに認可したものってあるのかなって思って」

「うん。あるよ」

あるのか。意外。

「どんなやつだったんだ?」

むしろ興味がある。この妄想全開のつかさが認可するレベルの申請理由。

「お付き合いの計画が、すごく細かく書いてあったの」

「細かく、ねぇ」

聞けば、この日に何をして、この日にはどこどこへ行って、さらには将来この日に結婚、とまで書いてあったらしい。時間割まであったとか。計画書いてるうちに冷めてそうだけどな、そこまでいくと。

「でも、結局すぐに別れちゃったみたい」

そうだろうな。それは、恋愛経験のない俺でも察しがつく。

「なんで別れちゃったんだろう。すごく仲良さそうだったのに」

「…………」

「最近はそういう申請書、あんまり来ないんだけどね」

「作るのも大変だろうしな」

つまり現状、このつかさから認可を受けるためには、事細かに計画を書いて申請しないといけない、ってことか。そんなことするやつなんて……本当にごくごく少数だろ。

「と、とりあえず今日きたぶんの申請書はこれだけ、かな」

「そうか」

二枚だけだったのに、かなり体力を使った気がする。ただ文字を読んで、つかさの反応を見てただけなのに。恋愛監査部の活動、やっていけるのか不安になってきた……。

「付き合ってくれてありがとう」

「良いよ。やるって決めたことだし」

「また明日になったら色々届くと思うから。よろしくね」

「……わかった。また明日な」

仮に俺が認可したとしても、つかさが不認可を押すことになりそう。そんな未来が見える。

一抹の不安を抱えながら、部室をあとにした。


昇降口へと向かう。転校初日にして、平穏な生活からちょっと遠ざかった気がする。取り戻したい、俺の静かな学生生活。監査部との活動と両立できるかが不安だ。

ドゴォオオオオオオオン!!

「なんだぁ!?」

爆発音!?　校舎内で!?　しかもここから割と近いところだぞ。

「うわ、煙が……っ」

廊下が白い煙で満たされる。音は近かったけど……どこでどんなことが怒ったのか、確認できない。

「テロとかじゃないよな……？」

違うと信じたいけど……。

「うわーーーーーーっ‼」

「今度はなんだ⁉　って……」

ドンッ！

「あだっ」

「いでっ」

煙の中から何かが飛んできて衝突する。そのままもみ合うように倒れ込んでしまった。爆発のせいで飛んできた何かか……？　とにかく、何が起こったのかを把握しようと、手であれこれ辺りを調べようとしたところで……。

むにゅ。

「ん？」

「あっ……んっ」

手に柔らかい感触。少し力を入れると、握っているものが潰れていくのがわかる。

「って、うわ！」

ぐにゅ。

「んぁっ！　ちょ……何してんすかぁ……」

倒れているのは女子生徒だった。俺はその女子の豊満なふくらみを、しっかりと握ってしまっていた。

「違う違う！　ごめんミス！」

　手を離すつもりが焦って力を入れてしまっていた。

　徐々に視界が晴れていく。目の前で何が起こっているかも鮮明になってきて……。

「うわっ」

「いつまで、触ってるつもりっすか……？」

「今離す今離す！」

「んっ！　あぅ……っ」

「わー！　ごめん！」

　また力が入ってしまう。焦って思ってることとやってることが逆になってる……。とにかく早く手をどかさないと……。

「ひぁうっ……！　今のはわざとっすよね!?　絶対にわざとっすよね!?」

「と、とりあえず落ち着いて……」

　と自分に言い聞かせる。少し深呼吸をして、なんとか胸から手を離した。

「だ、大丈夫か？」

「アタシはべつに大丈夫っすけど……」

「それなら良いんだけど……」

　やばい。女子の……胸を触ってしまった。事故とはいえ、触ってしまったことは事実。謝るしかないけど、この学校において許されるとは……。

「とにかくごめん！　そういう、変なこと考えてたわけじゃなくて！」

「いやいや、そんなの良いんすよ！　密着っす、超接触じゃないっすか！」

「あ、あぁ……本当に悪かったよ。ごめん……」

「何言ってんすか！　すごいっすね、しかも監査部の部室前で！」

「は？」

目の前の女子生徒は、目をキラキラと輝かせながら、テンションが跳ね上がっている。しかも、俺の行為を咎める様子もなく……。

「やー、こんなに大胆な人は初めてっすよー」

「だからそのことは……」

「ま、学校のルールに反対する者同士、仲良くしましょうよ！」

「なんだよそれ」

「ま、ま。細かいことは良いんで。ところで同じ学年じゃないっすよね？　あんまり見たことない気がする」

「二年だ。今日転校してきたんだよ」

「そうだったんすねー」

ノリが軽い。見た目も派手だし、ちょっとギャルっぽい印象を受ける。

「センパイ、才能アリっすね～」

「なんのだよ」

「良いから良いから。これから仲良くしてほしいっす♪」

ぐい、と腕に絡まれる。

「ちょ、おい……離れろって」

「何言ってんすかぁ。先におっぱい触ったのセンパイじゃないっすかー」

「だからそれは間違いで……！」

グイグイ密着される。まだ煙がたち込めてるから誰かに見られてる可能性は低いだろうけど……。

「さーて、どうします？」

「何がだよ。ていうかよく普通にしてられるな。さっき何か爆発したろ」

「あーそれやったのアタシですし」

「え？　マジ？」

なんのために？

「わっ、すごい煙っ。舜くん大丈夫？」

煙の奥からつかさの声。様子を見に来たんだろうか。

「ああ。大丈夫。ただちょっと面倒なことに」

後輩女子のことをちらっと見る。すると、今まで笑顔だった表情が一変。かなり焦っているようだった。

「ヤバっ！　センパイ、また今度！」

「あ、おい！」

そして走り去っていった。なんだったんだ……。

「ケガしてない？　大丈夫？」

「ああ、なんとか。人が飛んできてぶつかったけど」

「ええっ!?　本当に大丈夫？　保健室行ったほうが……」

「大丈夫大丈夫。なんともないから」

言えない。女子と接触したどころか、胸を触ってしまったなんて言えない。

「にしても爆発なんて……ありえないだろ」

「たまにあるんだけどね」

「あんの!?」

「この学校のルールに反対する人たちがやってるみたいで」

爆発が起こったほうを見ると、赤と青の境界線が破壊されていた。さっきの後輩女子が考えてたことはそれか。さすがにやり過ぎだと思うけどな。

「一度、ちゃんと話したいと思ってるんだけど」

それで解決するかどうか。難しいとは思う。でも、そういうことにも真剣に向き合う辺り、つかさは真面目なんだな、と感じた。

「……無理しないようにな」

「うん」

つかさはただ、ルールを守って欲しいだけなんだろう。そのためにひとりで頑張ってる。でも、その姿が少し危うく見える気がする。

今の俺にできるのは……。

「今日はありがとう。明日からよろしくね」

「ああ」

「部室来るときに気を付けてね」

「気を付けてって……」

帰り気を付けてね感覚で言われるの、おかしいだろこの学校。なんかやばいところに来ちまったなぁ……。

転校初日。学校に対する不安を覚えながら、俺は帰宅の途についた。

二章 適切な関係性

翌日、登校する。校門前に差しかかったところで、またあの赤と青の配色が目に入った。

「うぉ……」

いや、昨日見てる。正直慣れないな……。明日見ても驚いてそうだ。

「お、センパイ来た！」

「うわ、昨日の爆弾女」

「なんすかそれ」

「そう言うしかないだろ。そもそも名前だって知らないし」

「あ、そっか。アタシ、近森《ちかもり》アリカっす！　センパイは？」

「折原舜……ってくっつくな！」

昨日と同じように、俺の腕を抱き寄せて絡んでくるアリカ。昨日は廊下で人がいなかったから良かったけど、今は校門前だし誰かに見られる可能性が……。

「あっ！」

「ん？」

アリカの視線が俺からずれる。他の誰かを見ているような。

「んじゃセンパイ、アタシは先行きますねー」

　と思った途端、アリカが俺から離れ、校舎に向かって走っていった。これ、昨日も似たような状況があったような。

「おはよう、舜くん」

「あ、つかさか。おはよう」

　つかさを見つけたから走ってったのか。アリカの立ち場としては、つかさとの接触はできる限り避けたいんだろうな。

「？　なんだか顔色が良くないみたいだけど。もしかして、さっき話してた女の子と何か……？」

「い、いや、なんでもない」

「朝から……だし、朝帰り？　とか？　あるって聞くし……」

「…………」

　すぐにそういう考えに飛んでいくの、つ

かさの特技って言っても良いんじゃないか、これ。

「舜くん、本当に大丈夫？」

「俺がつかさに言いたいよ、それ」

真面目だから、周りが見えなくなってしまうときがある。つかさはそんなタイプなのかも。

「じゃあ俺教室に行くから」

「うん。またお昼にね」

「……ああ。そうだったな。わかったよ」

一瞬考えて、昨日のことを思い出す。恋愛監査部に入ったんだった。今日からその活動が始まる。

「って、昼？　放課後じゃないのか？」

「ちょっとお願いしたいことがあるから。良かったら……」

「大丈夫だ。昼休みな」

つかさにそう告げて校舎に向かう。昼休み、何をするつもりなんだろうか……。

「で、時間もあんまりないけど、何をするんだ？」

昼休みの恋愛監査部部室。俺とつかさのふたりだけ。テーブルには、お互いの昼食が置かれている。

そしてお互い2メートルほど離れて座っている。異性との接触を避けるため。校則としても法律としても定められたものだ。

「昨日お願いしたこと、試したくて」

「昨日……あ！　恋愛を知る、だっけ？」

「うん。一緒にご飯を食べながら、昨日見たテレビの話とか、インターネットで見た気になった記事とか、そういう会話をしながら。ね？」

何気ない会話をしながら、ってことか。まぁ、理解はできる。つかさからこんな、普通の提案が出るとは思わなかった。

「あとはその先、っていうか……」

「先っていうと……弁当食べてごちそうさま的な？」

「ご、ごちそうさまの前にまだやることあるよ？」

あるか……？　話をしながら食べるだけだと思うけど……。

「その前、食べるところで、やることっていうか」

食べるところで、か。なんだ？

いや、それよりも。

「あのさ、遠くていまいち声が聞こえない」

「あ、そうだよね。もう少し大きい声で話すね」

で、その後やや声量を大きくして話していたけど、単純に話しづらい。声を少し張らないといけないし、そのせいでご飯も食べられない。

そのことを伝えると、少し距離を縮めて話し始める。それが何度か繰り返された。

「待て待て。近いって。距離取らないと」

「あ、ごめんね。そうだよね。でも、離れてると話しにくいし……」

「だからってそんなに近づかなくても大丈夫っていうか」

至近距離でつかさと目が合う。狭い部室で女子とふたりきり。こんな場面をもし誰かに見られたらと思うと、気が気じゃない。

「お、男の子とご飯を食べるときって……その、食べさせてあげると、喜ぶって……」

「どこでそんなこと……」

「……こんなに近くで舜くんのこと見たの、初めてかも」

「……小さい頃ならあっただろ」

照れというか、恥ずかしさを感じる。体が少しずつ熱くなっていくのがわかった。

「良かったらだけど……私のお弁当、食べる？」

テーブルに広げられた弁当箱から、玉子焼きを箸で摘むつかさ。

「でも、つかさの弁当だろ……？」

「うん。だけど、こういうのも恋愛なのかなって……」

「だけど……」

つかさの手が徐々に近づいてくる。俺は反射的に体を少し仰け反らせた。

「ち、近いって」

「あっ……うん」

我に返ったようにハッとした表情で、手を引っ込めるつかさ。ぼーっとしながら手を動かしていたんだろうか。これもつかさの妄想の一種なのか……？

「近づかないと試せないけど……でも近づいたらルールを破っちゃうことになるし……」

悩むつかさ。俺はつかさとは別の意味で悩む。

あまりに近い。そのせいか、かなり心臓がドキドキしている。ただの緊張か、それとも過去の出来事がそうさせるのか。どっちにしろ、この距離感ってルール的にアウトなんじゃ……？

「舜、くん？」

「……ッ!!」

俺をのぞき込むようにして見つめるつかさ。その瞬間、心臓がドキッと大きく高鳴った。

「ごっ、ごめんっ！」

「えっ、あっ、舜くんっ！」

咄嗟に立ち上がって部室を飛び出した。あんな雰囲気のまま密閉空間になんていられない。いられたもんじゃない。

「気持ちが持たないって……」

べつにつかさが嫌いなわけじゃない。半ば反射的な行動だから、仕方のないことなんだ。

「追っては……来てないな」

走りながら後ろを確認しても、つかさの姿は見えない。

「このまま教室まで戻ろう」

廊下の角を曲がる。

「きゃっ！」

「おわっ！」

完全に俺が悪かった。廊下を走るな、なんて小学生の頃から言われることだ。誰かとぶつからないように、ケガしないように、先生から教わること。なのに、そんなことを守れず、思いっきり人とぶつかった。

にしても、昨日もぶつかったし、連日の激突。昨日は後輩の胸を揉んでしまうというハプニングがあったわけだけど、さすがにそんな偶然が重なることは……。

「んん？」

なんか息苦しい。視界が何かに覆われていて、どういう状況か把握できない。それになんだか良い匂いが……。

「あら、舜くん」

「は？　って、先生⁉」

みゆき先生に抱き留められていた。しかも先生の胸に飛び込む格好で……。だから何も見えなかったのか……。

ま、まぁ、先生の胸のおかげで衝撃も和らいだ……って、そんなこと言ってる場合じゃない！

「すみません！　本当にすみません！」

「良いのよ謝らなくても。それよりケガしてない？　もしケガしてるなら手当しないと」

「だ、大丈夫、です……」

俺の体を抱き留めていたみゆき先生の腕に、どんどん力が込められていく。先生との密着具合がどんどん……。

「ていうかそろそろ苦しいですし……まずいですよこんなの……昨日言ってたことと今やってることが全勢違いますよ……！」

「大丈夫よ。今ここには誰もいないわ。誰にも見られてないんだし。ね？」

「そういう問題じゃ……！」

必死に抜け出そうとするが、体勢が悪い。力がうまく入らず、抜け出せない。こんなの誰かに見られたら、誤解されるどころじゃ済まない気がするぞ……！

「んふふ……よしよし、良い子ね～。あの頃を思い出すわ～」

「ちょ、本当に……」

頭をなでられる。子どもの頃……もしかしたら先生にこんなふうにされたことがあったのかもしれない。俺は……もう覚えてないけど。その頃の感覚を噛みしめているのかも……？

「先生⁉　何してるんですか……⁉」

「あっ、遠野さん……!?」

マジかよ！　つかさ、あのあと俺のこと追いかけてきてたのか……！　にしたってこんなところで発見されなくても……！

「しゅ、舜くんを抱きしめて、何を……」

「これは……その、体育の授業をね」

嘘にしても下手過ぎるよ先生！　もっとまともな嘘を……！

「そう、なんですか……？」

つかさもつかさで信じるのかよ！　ま、まぁこの際、事の真偽はどうでも良い。この場が何事もなく終わってくれれば……。

「実演してたんだけど、つい熱が入っちゃって」

「せ、先生……そろそろ……」

「あっ、ごめんなさい」

ようやく解放される。苦しかった……みゆき先生の胸、大きくて柔らかくて……。

「……」

一難去ってまた一難、という感じだ。つかさの視線が俺に向けられている。これは明らかに男を蔑《さげす》むような……。

「先生とは、密着してても平気なんだね」

「ん？」

何やらぶつぶつ言い始めるつかさ。かすかに聞き取れるレベルで何かを呟いている。

「私は近づくだけでダメだったけど……もしかしたら先生には、男の子を惹きつける何かが……？ それが恋愛につながるもの……？」

「………」

良くない方向に考えが及んでる。

「あっ」

「どうした」

「おっぱ——胸なの？」

「何がだよ」

「だから私からは逃げて、先生とはくっつくの？」

「違うわ！ 俺だって離れようとしてたの見てたろ⁉」

「でも……」

つかさは、自分の胸とみゆき先生の胸を交互に見ている。何かを比べているみたいだけど……。

「そう、だよね」

何かを悟って納得したみたいだった。いや、勝手に納得されても困るけど！

「ちょっと先生も何か言ってくださいよ。このままじゃつかさに誤解されたままで——」

ただ、こういうときに限って、チャイムが鳴る。見計らったように。

「あら、授業始まる時間ね。ふたりも遅れないように」

「あっ……！」

そう言って、そそくさと立ち去るみゆき先生。逃げられた。そして取り残される俺とつかさ。

「……教室、戻るか」

「うん……」

ちょっと居たたまれない空気。

「ねえ、舜くん」

「なんだ？」

「やっぱり、ぎゅって抱きしめるの、男の子が喜ぶことなの？　恋愛に関係してくるのかな？」

「どう、かな……」

「私もやってみたら、わかるのかな」

「いや、それは……まだ我慢しておこう。もうちょっと時間が経ってからに」

「そう……なの？」

「ああ、まだ早い」

「そ、そっか」

適当なことを言ってその場をやり過ごす。これでつかさがその気になっても困る。というか、また勝手に悩み始めちゃうだろうからな。

「あ、お弁当箱、置いてきちゃった」

「俺も置きっぱなしだ」

ただ、あの部室には他に誰も入らないだろうし。しばらく置いておいても問題はなさそうだ。

「ていうか、ちゃんと食べたのか？」

「あはは、実は食べてなくて……」

てことは、俺が飛び出したあと、わりとすぐに追いかけてきた、ってことか……。だとしたら……悪いことしたな。

「ごめん」

「え、どうして？」

「いや、俺が飛び出さなきゃ、ちゃんと食べられたな、って思ってさ」

「う、ううん、良いの。私こそ、無理にお願いしちゃったから……」

つかさはそう言ってくれるが、手伝うと言ったのは俺だし。それを途中で投げ出してしまったのも俺だ。これでつかさの体調が悪くなったりしたら……申し訳ない。

「あとで……短い休憩時間だけど、食べるか。部室で」

「良いの？」

「ああ。つかさが良ければな」

「うん！　じゃああとで一緒に」

笑顔が弾ける。元気を取り戻してくれたなら、何よりだ。

「さて、早く戻らないとな」

ふたりで教室へ戻る。お互いの距離はしっかり取って。

この学校じゃ、休憩明けに男女で戻るのも、怪しまれるな……。気を付けないと……。


それから授業を終えて休憩時間。俺とつかさは再び監査部の部室へ来ていた。少し遅れての昼食。俺はコンビニで買ってあったおにぎりやサンドウィッチ。つかさは自分で作ったのか、お弁当。

さっきは気まずい雰囲気が出てしまったので、素直に自分のものを食べることにした。

「こうしてるだけでも、恋人同士っぽいもんね」

「ん？　あぁ、まぁな」

少し距離を取って食べる。多少の会話もしながら、時間もそんなにないのでやや急ぎ気味で。

「転校してきて二日目だけど……困ってない？」

「そんなに。戸惑いはしてるけどな」

「そっか。そうだよね。慣れるの大変だと思うけど、時間が経てば大丈夫だと思うから」

こうやって色々と気にかけてくれるのは嬉しい。今まで何度も転校を繰り返したけど、こんなことはあんまりなかったな。もっとも、異性と接触しないようにしてたのは俺のほうだったけど。

「舜くん、ここについてるよ」

つかさの指が俺の口元へと伸びてくる。俺は咄嗟に身を引いた。

「あっ……ご、ごめんね。つい……」

「いや、良いんだ……」

ご飯粒がついてたらしい。自分で取って口に入れる。

こういうのを見たときに自然と手が伸びるっていうのは、つかさの優しさなのか、それとも天然だからなのか。

良いところでもあるし、今この法律がある以上、悪いことでもあるような気もしてる。

「これも恋人っぽいかなって、思ったり……」

ぽいけど、いざやられそうになると焦る。そもそも異性の口元に手が触れるって……結構、緊張することだよな……。

「それより、もう時間ないぞ」

この妙な空気を嫌って、話題を逸らす。実際、次の授業までもう時間がなかった。

「あっ、本当だね」

困ったように笑うつかさ。

「ちゃんと食べられたか？」

「うん、少しは。でもこのくらい食べられれば大丈夫かな」

「なら良いけど」

俺も食べ終わった。もう教室に戻っておいたほうが良いだろう。

「戻るか」

「うん」

つかさと一緒にご飯を食べるのは……ハプニングを想定しておいたほうが良い。それが学べた。今後もし誘われたときは……注意しておこう。

「そういえば、放課後はどうするんだ？」

「あ、今日はちょっと私、先生に呼ばれてて」

「わかった。それじゃ……明日か」

「うん。また明日によろしくね」

今日は活動は……なし。いや、やったと言えばやったのか。これがつかさにとってプラスになっていれば良いけど……なってるのかどうか。

これからの活動にも、不安が残るけど……やっていくしかない。

◆　◆　◆

翌日、教室で授業の準備をしていると、つかさから話しかけられた。今日も昼休みに時間が欲しいとのことだった。大丈夫だと返事をしたが、そのときのつかさの様子がちょっと変だった。少し顔が赤い。熱っぽいのか、と疑うほどだった。

「体調、悪いのか？」

「ううん、そんなことないよ」

「なら良いけど」

本人が問題ないっていうし、大丈夫か。それじゃ昼休みに、と約束をして、授業を受ける。


で、昼休みに部室へとやってきたのだが。

「え？　なんて？」

「だからね……この指し棒を使って……私の、その……おっぱい、つついて欲しいの」

「全然わかんねえよ！　なんで⁉」

つかさの手には、教師が使うような指し棒。伸ばしきったら結構な長さになる……つかさの身長に少し足りないくらいか？

って、そんなことはどうでも良い。

「ほ、ほら……男の子っておっぱい好きみたいだし……。昨日、みゆき先生のおっぱいに、顔埋めてたし……」

「だからそれは事故だし誤解だって……！」

「私も同じことしたら何かわかるかもって思ったけど……その、直接だと……」

そりゃ恥ずかしいだろ。

「ルールを破ることになっちゃうから……」

「そっちかよ！　恥ずかしいとかじゃないのかよ！」

俺の考えがズレてるのかと思えてきた。そんなことはないはずだけど……。

ていうか朝つかさが顔赤くして俺に相談してきたのって、これが理由か……？　恥ずかしいと重いながらも、恋愛のために……みたいな？

「私のおっぱいだと、舜くんは悦べない……？」

「そうじゃなくて。ただ、どっちにしてもやりたくない」

「え、どうして……」

「その反応、普通じゃないからな」

「でもこれやらないと私、おっぱい触られた人の気持ち、わからないから……」

そんなこと、今知らなくても良いだろ……。

「だからお願い……」

「……………」

なんでここまで真剣になれるのか不思議だった。つかさの目が、心なしか潤んでいるようにも見える。変なお願いだけど……どうせ断り切れない。断ってもずっとお願いしてくるだろう。

「わかった、わかったよ。一回だけな」

「本当に⁉　ありがとう」

さっさとひと突きして帰ろう。

「それじゃあ………」

そう言ってつかさが、やや胸を張って立つ。

「いつでも良いからね」

「あ、あぁ」

つん、と胸が少し突き出される。

こう見ると、つかさの胸ってそこそこあるよな。みゆき先生とか、アリカほどじゃないけど……って、何考えてんだ。早く終わらせよう。

指し棒を目一杯伸ばして、つかさの胸めがけて突き出す。

ふにゅ……と指し棒の先端が、つかさの胸に埋もれる。

「んっ……」

すると、つかさの体がビクッと反応した。俺は思わず指し棒を引っ込める。

「もう少し、やってみて……」

「いや……もう、わかったろ……？」

「もう少しだけ……」

言われるがままに、つかさの胸に挿し棒を押し込む。布越しにも感じる柔らかい感触が、手にしっかりと伝わってくる。

「んぁっ……！」

「へ、変な声出すなよ……」

「ちょっとびっくりしちゃって……」

ふと思う。これがもし、実際に自分の手だったとしたら……。イメージするだけでも、少し胸が高鳴ってくる。指し棒を持つ手が震えそうになるのを必死でこらえる。

「すごくドキドキするね……んっ……はぁ…………っ……直接、触られてるわけじゃないのに……」

「…………」

「これがもし……本当の手だったら……どうなるんだろう……」

少し危ない方向に思考が傾き始めた。これ以上はもう……。

と、行為の中止を伝えようとしたとき。

「遠野さん、ここにいるの？」

みゆき先生の声だった。ドアをノックされる。ていうかなんでここに……。

「あっ……そういえば、先生が私に話があるって言ってたような……」

「マジか」

教室にいなかったから、部室に来たってことか。いや、それよりもこの状況を見られるのはまずい。

「とにかく俺は隠れる」

咄嗟に部室奥のデスクに隠れる。先生はつかさに用があるわけだし、奥まで来ることもないだろう。

が、なぜかつかさも俺と同じ場所に隠れた。

「なんでつかさまで……」

「わかんないけど、隠れたほうが良いのかなって……今はちょっと恥ずかしくて、先生と会うの、後ろめたいっていうか……」

あんなことするからだろ。が、言い合っていても仕方がない。とにかく今はやり過ごそう。

部室のドアが開き、先生が入ってくる足音が聞こえる。息を殺して耐えるが……こういうとき、心臓の鼓動も聞こえるんじゃないか、って思ってしまう。

「遠野さん。……あら、ここにもいないのかしら」

足音が遠くなっていき、ドアが閉まる音が聞こえた。恐る恐るデスクから顔を出し、先生がいないことを確認する。

「いないのね」

ふたりで安堵のため息を漏らした。

「ドキドキした……さっきとは違うドキドキ……」

「見つかるかも、っていう緊張感だろ？」

「それもあるけど……舜くんとこんなに近くにいる、っていうドキドキ感……」

「……………」

つかさが目と鼻の先。これまでにないくらい、顔と顔が近づいていた。

「……っ！」

立ち上がって距離を取る。すると、つかさも冷静になったのか、ハッとした表情になった。

「わ、私からルールを破るなんてダメ、だよね」

「隠れずに先生と話せば良かったのに」

「ちょっと混乱しちゃって……」

つかさも立ち上がる。結局まだ昼飯を食べてない。昨日同様、急いで食う昼食は避けたい。デスク裏から移動しようとした、そのとき。

「あっ……」

「ん？　おいっ」

つかさが紙の入った箱に躓《つまず》く。そしてそのまま倒れ込んでしまう……が……。瞬間的につかさの身代わりになる格好で、俺が下敷きになった。

「いたた……って、ごめんね舜くん、大丈夫⁉」

「ああ……なんとも……」

つかさが俺の下腹部に馬乗りになる光景、あのときと同じだ。女の子たちに後ろ指差された、あの頃の記憶がよみがえる。が、今は目の前のつかさが心配だった。

「そっちこそケガないか？」

「うん……舜くんがかばってくれたから」

「なら良かった。立てるか？」

「大丈夫」

立ち上がるつかさ。俺も起き上がる。

「ごめんね……私が転んじゃったばっかりに……」

「良いって。無事で良かったよ」

「結局……触っちゃったし……」

今のは仕方ないといえば仕方ないが……まぁでも、事実は事実か。

「この段ボール箱、片付けたほうが良いんじゃないか？」

言ってしまえばこれがあったから転んだみたいなもんだ。入ってるのは部活で使う……申請書とか意見書だけど、でも、常にここに置いておかないといけないものでもない。

「そうだね。今度片付ける」

「そのときは俺も手伝うからさ」

「うん。ありがとう」

そしてチャイムが鳴る。結局、つかさも俺も、昼飯を食えずに昼休みが終わった。仕方ない。


で、放課後。つかさはみゆき先生に呼ばれてどこかへ行った。昼休みに先生が部室に探しに来てたし、その件だろう。この学校に来て初めて、平穏というか、自由な時間ができた気がする。

「といってもやることなんてないけどな」

他に友達もできていないし、俺はそのまま帰宅することにする。が、昇降口に移動する途中で……。

「あ、センパイ」

「げっ」

アリカと遭遇した。トラブルメーカーのこの後輩女子からは、逃げるしかない。

「あ、ちょっ、なんで逃げるんすかー！」

「自分のやってること考えてから言え！」

その後、学校の全体がまだわかってない俺は、鬼ごっこを繰り広げたあと、アリカにつかまった。

「遊びに行きますかー」

「行かない」

間違ってアリカの胸を触ったことで、変に仲間意識を持たれている。どうにかしたいけど、なかなか考え直しそうにもない。

「行きましょうよ～。もっと話したいこともありますし～」

「俺はないの。っておい、くっつくなって」

そしてこの接触。本当にこの学校の生徒なのか疑いたくなるくらいだ。男女接近法に反対してるって言ってたけど、誰も注意しないのか……。それとも、先生には見られないように上手くやってるのか……。

なんにしても、学校内でアリカに絡まれてるのは良くない。誰かに見られたらまた何か言われる……それだけは避けたい。静かにやっていきたい。

「か、帰るっ！」

アリカの腕をふりほどいて、ダッシュで昇降口へと向かう。

「またお話ししましょ～ね～！」

「しない！」

後ろから飛んでくる声に、振り返らずに返答する。

俺はいつになったら平和に過ごせるのか……この学校にいる限り、無理な気がしてきた。

◆　◆　◆

翌日、教室に入り自分の席に座る。隣の席にはすでにつかさが座っていて、授業の準備をしているみたいだけど……。

「………」

どこか上の空といった感じだ。考え事をしているのか、ぼーっとしている。そして度々、俺のことをうかがうように、ちらちらと視線が送られてくる。

俺、また何かしたっけ……？　と思い返してみても特には……。

「あの、舜くん……」

つかさが席を立ち、俺のほうへと向かってくる。なんとも言えない、難しい表情をしている。迷ってるというか、困ってるというか……。

「昨日、話してた女の子って……」

「……!?」

見られてた!?　いや、その可能性はあった。むしろ、こうならないようにアリカから早く離れたつもりだったんだけど……。

というか、難しい顔をしてたのはこのことか。

「彼女じゃない……よね？　申請書、出してもらってないし……」

「あ、ああ……彼女じゃない」

「密着してた気がしたから……その、本当だったら注意しなきゃいけなかったんだけど」

それも見られてたのか。誤解、されるよな……。

「私が見つけたとき、すぐに離れたから、たまたまなのかなって思って」

「ああ。ちょっと絡まれてるだけだ」

「そうなんだ。それなら、良いんだけど……。ごめんね、突然」

「いや、良いんだ」

自分の席に戻るつかさ。俺の答えを聞いて疑念は晴れたはず……なんだけど、まだ浮かない表情をしている。

このこと以外にも、何かあるのか……？　俺の中に疑念が生じ始めた。


放課後になり、部室へと向かおうとしたところで、つかさから声がかかった。

「舜くん。今日は外で良いかな？」

つかさからそんなことを告げられる。そういえば、前に課外活動もしたい、って言ってたな。俺も協力するって言ったし。

「わかった」

つかさも何かやりたいこと……というより、試したいことがあるんだろう。俺しか頼める相手がいない、と言われてたし、断るわけにもいかない。

ただ、トラブルになりそうなことは勘弁だけど……。

「で、何するんだ？」

「と、とりあえず……校門前で……」

照れた様子で自分の荷物をまとめるつかさ。言いにくいこと……なのか？　だとしたら、少し不安な気も……。

「すぐ行くから、先に行って待ってて」

「了解」

俺は先に教室から出て、校門前に向かう。


「お待たせ。ごめんね」

校門付近で時間を潰していると、校舎から出てきたつかさに声をかけられた。

「大して待ってないよ」

「…………」

「……なんだ？」

俺の返答に、少し驚いたような表情を浮かべるつかさ。何か変なこと言ったか…？

「今の、ちょっと嬉しい……気がする」

「は？　なんで？」

「男の子がそれを言うのは、女の子のことを気遣ってるから、って何かで見たことがあったから……少しドキってしちゃった」

本当に待ってないから言ったんだけどな……。

「それで、今日って時間ある?」

「そんなにかかるのか? あるけど」

「ううん、今から一緒にお出かけしたいだけだから。一応聞いてみたの」

「出かける……ってどこに?」

「えっとね」


「…………」

つかさとふたり、街中を歩く。これ、完全にデートっていう体だよな……。

「これ……恋人みたい、だよね……?」

「あ、あぁ……そう、かも」

ふたりで歩く、といっても、距離はしっかり取ってる。お互いが手を伸ばしても届かないくらい。

というか初めてな気がする。同級生の女子と、放課後に一緒に街中散策。

「こんな気持ちなんだ……すごく新鮮……」

「なんか……緊張するな……」

「ドキドキとは違うの?」

「たぶん違うと思う……たぶん」

いくら距離を取っているとは言っても、女子と並んで歩いていることは明白。あまり人目につくところでは……やりたくない。

「ただ歩くだけなら帰らないか……？　つかさも疲れるだろ？」

「きゅ、休憩ってこと？　それってもしかして…………ホテル……？」

「人生で一番言ってない」

「だっ、ダメだよ、私たちまだ学生だし、付き合ってもないし……恋愛も何も知らないのに……」

「言ってないって」

「まずは心の距離を縮めて、それから……かっ、体の距離を……」

「一回深呼吸してくれ」

つかさを落ち着かせる。思考の飛躍っぷりには毎回驚かされる。「疲れ」から、そういう考えに至るなんてな……。

「とにかく落ち着いて。どこにも行かないなら帰ったほうが良いんじゃないか、って話」

「うーん……歩きながら何か思いつくかなって思ったけど、ずっとドキドキしちゃって……何も考えられなくて……」

「…………」

それって……いや、ない。恋愛を知ろうとする中で、好意が向いてくるとか。そんなふうに考えてしまうのは、真剣に活動に取り組んでるつかさに対して失礼だ。

「あ、センパイ」

「げ」

　こんなときに限ってアリカが出会す。この光景を見られた……。

「舜くん、この子……」

「ああ、アリカって言うんだ。一個下の後輩」

　そしてアリカはいつものように俺の腕に絡んでくる。

「あっ、ダメだよ。ちゃんと離れないと」

「ほら、つかさも言ってるだろ」

「こんな街中で、しかも……舜くんの腕に……当たってるし……それに……」

「それに？」

　アリカが怪訝《けげん》そうな顔でつかさを見る。つかさは徐々に顔が赤くなっている。これは……。

「みんなに見られて興奮する、タイプ……？　知らない人が見てるところで……裸に……」

「………………」

「だっ、ダメ！　そんなことしたら、捕まっちゃうよ！」

「え、ちょ、なんすか？」

　さすがに驚くアリカ。まぁ、普段見てるつかさとは違う一面だろうしな。

　つかさを落ち着かせる。このままのテンションでいられても、大変だし。

「と、とにかくくっつくのはダメだよ」

「んー、でもこのほうが普通だと思うんすけどねー。離れてたら話しにくいし、不自然だし」

「でも、決まってることだから……」

「決まりとかそういうの抜きにして、自分の気持ちに素直になって動くのが一番だと思うんすよね」

「…………」

なんかアリカが正論っぽいことを言ってる。つかさも虚を突かれたような感じになってるし。

「ていうか、そろそろアリカは俺から離れてくれない？」

「あっ、バレました？」

「当たり前だろ」

ずっと俺の腕にくっついてて、バレないとかないだろ。

「ま、アタシはそういうめんどい壁とかナシにして、素直に生きたいって感じっす。そのほうが幸せだと思うんで」

「幸せ……」

考えてる様子のつかさ。アリカのこの考えに何か感化されるものがあるんだろうか。

というかアリカはなんでつかさの前に出てきたんだ？　部室前で遭遇しそうになったときは、慌てて逃げた気がしたけど。

「…………」

うまく言いくるめて、つかさを自分の考えに引き寄せよう、とか？　いや、さすがにそれは……。

「ってことでセンパイ！　遊びに行きましょ！」

「なんでだよ。そもそも今日はつかさとの約束でここに来てんの」

「あの、舜くん……」

直後、袖が引っ張られる感覚。つかさが俺の制服を掴んでいた。

つかさがこんなふうに自分から触れてくるなんて……初めてだ。

「あっ……」

が、すぐにぱっと手を離した。

つかさの目が泳いでる。もじもじとして、何か迷ってるような、そんな様子だった。

「もう少しだけ、良いかな……？　舜くんが、良かったら……だけど……」

「…………」

万が一、つかさがアリカの発言に感化されてしまうようなら、俺はさらに逃げ場がなくなるわけだけど……。

振り絞って出したような声を、無下にするのはさすがに気が引ける。

「まぁ、まだ約束も果たせてないしな。家、途中まで一緒だろ？」

「あ……うん」

「じゃあアタシと遊ぶのはまだ今度ですか？」

「遊ぶって一回も言ってないからな」

「ちぇ。つまんないのー」

頬を膨らませて愚痴るアリカ。この後輩と一緒に行動してると、心が安まらないからな。

今日はこのあとつかさと一緒に帰って、家で大人しくすることにしよう。

「もし良かったら、アリカちゃんも途中まで一緒に帰ろうよ」

「えっ」

なんてことを言うんだつかさは。このままふたりで帰る、で良いだろ……！

「そうですねー。センパイも遊んでくれないし、一緒に帰りましょ。ってことでヨロシクですセンパイ！」

「……良いけどさ」

女子を連れて歩いてたら目立つよなぁ……。でも仕方ないか。

俺、つかさ、アリカの三人で帰路につく。女子がふたりだったのがかえって良かったのか、俺が少し先を歩いて、その後ろをふたりがついてくる、という感じになっていた。

つかさとアリカはガールズトークに花を咲かせている。

「あっ、アタシこっちなんで」

「うん。またね」

「またお話ししましょー！　センパイも！」

「最後まで賑やかだな」

「それじゃー」

手を振りながら歩いて行くアリカ。それを笑顔で見送るつかさ。

「さて、行くか。つかさは、家こっちだっけ」

「うん。公園のすぐそばだから」

そういえば、小さい頃によく遊んでたけど、家には行ったことはなかったな。

「ああ、そうか。じゃあ俺ん家とも近いな」

「公園、行ってみない？」

「…………」

ふたりの思い出の場所ではある。というか、俺とつかさの幼い頃を繋ぐものといったら、それしかない。

でも、俺にとっては良くない思い出も残ってる。つかさはそれを知らないけど。

「約束の場所、じゃないけど……小さい頃に一緒に遊んだところに行くのって、なんだか恋人っぽいかなって」

たしかにそれっぽさはある。ただ、俺とつかさが幼少期にした約束っていえば……ずっと親友でいる、ってことだ。

この手首に巻かれたミサンガが、それを物語っている。

「……わかった。行くか。誰か来たら帰るけど、良いよな？」

「うん。それでも大丈夫」

公園には誰もいなかった。今時、公園で遊ぶなんてこともないのかもしれない。まぁ、俺が受けたような間違いが減るだけ、マシかもな。

「なつかしいね」

「ああ。よくここで遊んだな」

あの頃を回想する。追いかけっこをしたり、かくれんぼをしたり、子どもの遊びはほとんどやってた気がする。

ここ以外で会うことはなかった。この公園が唯一の交流の場だった。

それが今では、公園でも学校でも、街中でも会える。会えてしまう。

「今のほうがいつでも会えるのに……なんだか、ここで遊んでたときのほうが、舜くんとの距離、近い気がする」

「それは………」

「今のほうが……離れてる気がするの」

「それは決まりだから仕方ないだろ。つかさって、それを守ってるから」

「うん。そうなんだけどね……でも、なんていうか……」

うまく言葉が出てこない様子のつかさ。何か言いたいけど言葉にできない、みたいなことだろうか。

じり、とつかさが歩み寄ってくる。俺はそのぶん引いて、距離を取る。

するとつかさはハッとして、謝ったあと、続けた。

「こうやって離れてると、また舜くんが遠くに行っちゃうんじゃないかって、思っちゃうの……」

「…………」

「悲しかったから。あのとき……」

それは悪かったと思ってる。何も言わずにいなくなったこと。

だけど、だからといって近づいて良いってわけじゃない。それはつかさがよく知ってるはずのこと。

また少し距離を縮めるつかさ。そして俺が引く。何度か繰り返す。

すると、茂みのほうから何かが聞こえてきた。

「もうちょい、もうちょいっす！」

聞き覚えのある声。というか、さっきまで聞いてた声だ。

俺が茂みのほうを見ると、その女子と目が合った。

「あっ、やばっ」

「帰ったんじゃないのかよ！」

あちゃー、と言わんばかりの顔をしながら、茂みから出てくるアリカ。何してたんだ……。

「あ、アリカちゃん……やっぱり無理だよぉ」

「は？」

「やー、つかさセンパイにはまだ早かったんすかね」

　半泣きになったつかさが、アリカに抱きつく。なんなんだこれは。

「何してんの？」

「つかさセンパイに、近づく心得を」

「良いんだよそんなことしなくて」

　さっき歩きながらふたりで話してたの、もしかしてこれか？

「つかさセンパイのチャレンジですよ。褒めてあげてくださいよ」

「手放しで褒められるような世の中じゃないだろ」

　むしろ咎められるべきことだぞ。

「まーまた今度ですね、つかさセンパイ」

「うん。頑張ってみる」

　なぜか盛り上がるふたり。仲良くなるのは良いことだけど、こんなことになるとは……。

「………俺、先に帰るぞ」

家もすぐそこだし、もう良いだろう。ふたりを残してその場をあとにする。しばらく歩いたあとに一度振り返ってみたが、ふたりはまだ談笑していた。

「…………」

まぁ、つかさがアリカの思考に染まらないことだけを、切に願う。

◆　◆　◆

学校につくと、アリカに捕まった。逃げ回ったけど、結局追い詰められた。まだ学校内を完全に把握してないからな……今の俺にとっては、まだ迷路みたいなもんだ。

「つかさセンパイ、良いですね！　見込みがあります！」

「なんだ急に」

「アタシに協力してもらえる可能性！　ワンチャンあると思ってます！」

「でも、お前とは考え方真逆だろ」

「ちっちっち。わかってないなーセンパイ」

腕を組んでしたり顔のアリカ。

「あの人なら全然ありますからね。アタシ側になれる可能性」

「んなことないと思うけどな」

「今揺れてますから、たぶん」

つかさがなぁ……。そう簡単に心変わりするとは思えない。あるとすれば……昨日、アリカと話したときか。公園でも、アリカから吹き込まれたことを実行したっぽかったし。

「アタシにはわかります。もうひと押しなはずです」

「でもなんか、つかさの考え方を無理矢理変えてないか？」

俺が監査部に入ったとき、つかさには信念みたいなものがあるって感じた。自分がやるべき、みたいな、使命感にも似た何か。

だからアリカに言われたくらいで変わるとは……思えない。

「つかさセンパイ、頑張ってる感があるんですよね」

「俺から見てもそう思うよ。使命感みたいなやつだろ？」

「そ、そです！　自分を追い込んでる感？　って言うんですかね」

「追い込んでる……ねぇ」

「アタシが色々話したとき、迷ってるみたいでしたし」

迷ってるんだとしたら……それだけつかさにとって、アリカの行動だったり考えだったりが、胸に突き刺さった、ってことだろう。

今まで申請書だったり意見書だったりで、色んな人の考えに触れてきたとは思うけど、実際に目の前で行動されると……ってことなのか……？

「迷うんだったら、素直にアタシ側にきてくれたら良いと思うんですよね。大変そうですし」

「…………」

そういう意味では、一理あるのか……？

「でもそれは困る。俺の平和がどんどん遠くなるし。せっかくこうやって、男女分けされてるんだから、その恩恵は受けたい」

「えー、センパイも素直になりましょうよー。センパイだけですよ、そんなこと言ってるの」

俺だけってことはないだろ。みんなもちゃんと法律守ってるし。

「みんな言わないだけですよ。絶対思ってますって。こんな法律おかしいって」

「言わないだけ、ねぇ……」

監査部に届いていた意見書を思い出す。あれは……まぁこの法律に則った上でどうこう、っていう意見だけど。

「…………」

つかさが今、どういう気持ちなのか。だんだん気になってきた。アリカの言う通り、本当に揺れ動いてるんだとしたら……。

「センパイ？　どーしました？」

「……ちょっと考え事。悪い、もう行くわ」

「えー、じゃあご飯はまた今度ですかー」

「約束してないし、そもそも学校来たばっかりだろ」

放課後、つかさにそれとなく聞いてみるか……。

授業中も休み時間も、つかさはいつものつかさだった。特に変わった様子はなく、普通。

俺の考え過ぎか。でも、アリカにあんなふうに言われて何も思わない、ってのは無理なわけで。

「…………」

今も監査部の部室でいつも通り作業をしてるけど、やっぱりどこも……。

「ど、どうしたの……？　そんなに私のこと見て……」

「あ、いや、ごめん……」

つかさのことを考えていたら、じっと見つめてしまっていたらしい。俺は慌てて目をそらす。

変なふうに受け取られていないと良いけど……。

「……アリカちゃん、優しい子なんだね」

「ん？」

「少しお話聞いたの。なんで法律破るのか」

「ああ、そのこと」

「アリカちゃんにも、アリカちゃんなりの考えがあってのことだったんだね」

なんだか納得してる様子……。

「ちょっと羨ましいなって思っちゃった。舜くんにあんなに積極的にできるの。私なんて、服の袖を掴むので精一杯だったし……」

そう言う割にはおっぱい突いて、とか言ってたけど。まぁあれは、本当に他に誰もいないときの話か。

「でも、やっぱりダメなものはダメ、だよね。ちゃんとした手続きを踏んで、お付き合いに発展させないと」

「ああ……そうだな」

ふたつの、完全に反する考えが、つかさの中に共存してる。表向きは法律を守る側の人間だけど、本心は……？

それを確かめるには直接聞くのが早いけど……でも、聞いて良いんだろうか。踏み込んだ話だしな……。

「舜くん？」

しかも女子だし、ずけずけと心の中を覗くようなことは……。

「あのっ」

「うおっ！　どうした……？」

「じーっと私のこと見てるから、どうしたのかなって」

「え……見てた？」

「うん」

ぼんやり考えていたら、またしてもつかさのことを見つめてしまっていたらしい。見てるつもりはなかったんだけどな……。

「何か聞きたいこととかあるの？」

「あ、いや……」

ないわけではない。でも……。

ふたりの間に、少し沈黙が流れる。次になんて言葉を発せば良いのか、悩む。重い口が中々開かない。

「あのね。アリカちゃんと話してて、気付いたことがあるの」

つかさが沈黙を破る。落ち着いたような口ぶりだけど、どこか力がこもっていない。

「気付いたこと？」

「私がこの活動を、自分でやりたいって思ってるのか、そうじゃないのか」

俺が聞こうと思っていたこと。まさかつかさのほうから話してくるとは思わなかった。

つかさは書類を整理しながら話し出す。

「私が監査部に入ってるのは……前にも話したよね。私がやるべきだって思ってるから入ってるの」

「ああ、聞いた」

「それが正しいってずっと思ってたし、今でも思ってる」

「入部した日に言ってたな」

「だけど、アリカちゃんが舜くんとくっついて楽しそうにしてるの見てると、良いなぁって、思ってるの」

俺は楽しそうにしているわけじゃないんだけど……まぁでも、端から見たら、そう感じられるんだろうな。

「でも、それをしちゃったら、私が正しいって思ってたことを、自分で破ることになっちゃう」

「それは……」

「たぶん、それが恋愛に近い何かなんだろうな、って思ってるんだけどね。でも私、これ以上はどうしたら良いかわからなくて」

困ったように笑うつかさ。気持ちの整理がうまくついてない。そんなふうに感じられた。

「いつも舜くんと一緒に何かしようとしてるけど、結局距離があって、何もできなくて……舜くんのこと、困らせてばっかりだし」

「困っちゃいないよ」

力なく、どうしたら良いのかな、と呟くつかさ。どうしたら、か……。

適当な言葉をかけることはできる。でも、それじゃつかさの悩みを解決することはできないし、つかさのためになってない。

かといって俺が、こうすべき、というのも変な感じがする。だからやっぱり、今つかさの気持ちを整理するためには……。

「つかさのやりたいようにやるのが一番じゃないか？　アリカも言ってたろ。素直になれって」

「…………」

「つかさが自分で決めることに、誰も文句なんて言わないだろうしさ」

「そっか。そうだよね」

少し元気を取り戻したのか、さっきよりも晴れやかな笑顔。何か腑に落ちるものがあったみたいだ。

「それじゃとりあえず、今ある分の申請書、一緒に見ていこう？」

いつものつかさの雰囲気に戻る。そして、ドン、とテーブルの上に紙束が置かれた。

「何枚あんのこれ」

「うーん、わからないけど……たぶんすぐ終わるよ」

「いやいや、終わらんだろこれ……」

と思ったけど、案外そうでもないか？　つかさの判断で審査していくんだとしたら……。

「えーっと一通目は……『作ってきたお弁当を交換して食べるくらい、親密な関係になっています』だって」

「ほう」

内容としては普通。というか、お互いに弁当作ってきてるってことかこれ。学生なのにすごいな。

「作ってきたものを交換……食べさせ合い……隠し味に……」

「…………」

「かっ、隠し味に唾液はダメだよ！」

「書いてねぇよそんなこと！」

審査はすぐだけど、つかさの妄想があるから……やっぱり時間はかかりそうだ。


「ふう……疲れた」

帰宅してひと息つく。ここのところ、怒濤の日々が続いていた。転校初日に思い描いた、平穏に暮らす、という目的はすでに崩れ去っている。

「まぁ……あの学校にいる以上、静かに暮らすことなんて無理か……」

といっても、つかさの手伝いをすると宣言したわけだし、協力はし続けるべきだろう。つかさから何か言われない限りは。

「……つかさの考えてることも、気になるしな」

つかさの中では腑に落ちたことだとしても、本当に吹っ切れたのかはまだ疑問だった。

「…………」

ベッドに横になって目を閉じる。つかさの顔が浮かんできた。恋愛を知るための活動も、今後は増えていくかもしれない。

「大変そうだな」

つかさの恋愛の価値観も、どこかズレてる感じがするし、そういうのは直していかないといけない。じゃないと、延々と意見書が届く羽目になる。

もし、そんな日々が続いたら、つかさも参ってしまうだろう。そして、協力してる俺に悪いと思って、ひとりで考え込んでしまう。つかさはそういうタイプだ。

「近づき過ぎず、離れ過ぎずでやっていくしかないな」

そんなことを考えながら、意識がぼんやりとしていった。

◆　◆　◆

監査部としての活動を続け、はや数日。活動自体は順調……とまではいかないが、それなりにこなしている。つかさの妄想に付き合いながらだからな……。

まぁそれはともかく。俺が今直面してる問題は別にあった。

「あ、折原くん。ちょうど良いところに」

休み時間、廊下を歩いていると、みゆき先生に声をかけられた。

「…………っ」

前にあった廊下でのトラブルを思い出し、身構えてしまう。あれは俺も悪かったけど……。

「どうしたの、そんなに警戒して」

「いえ……なんでもないです」

あなたの振る舞いのせいですよ。

「…………」

キョロキョロと周囲を確認している。近くには学生がちらほらいる。廊下だから当然といえば当然だけど。

「先生？」

「ふたりきりのほうが良いかしら」

「いえ、ここで大丈夫です」

ふたりにされたら何が起こるか……。この前みたいに思いっきり抱きしめられるだけじゃ済まない可能性が。

「あら残念。じゃあここで話すわね」

「お願いします」

ここで話せるなら最初からそうして欲しい。

「この間の現代文の小テスト、覚えてる？」

「あー……」

「思い当たる節があるみたいね。結果、あんまり良くなかったから」

「ですか」

「苦手科目かもしれないけど、内申点はテストの点数が大きく関わってくるから」

「ですよね」

先生の言う通り、苦手分野だ。実際、テスト中もあんまり手応えなかったし。勉強の仕方が悪いのかもしれないけど、どうしたもんかな……。

「もし良かったら、先生が直接教えてあげるわよ？」

「え――」

良いんですか、と聞こうとして踏みとどまる。じゃあ私の家で、とか言われそうだし、それは怖い。俺の家に来るならまだしも、みゆき先生の家に……とかになったら、それこそ何をされるか……。

「とりあえず、なんとか自分で頑張ってみます」

「本当に？　良いの？　大丈夫？」

「だ、大丈夫です……本当に」

「そう……でも、どうしてもってなったら言ってね？」

自力でやるのに限界を感じたら……そのときは最後の手段で先生に、か。そのときはそうしよう。

「わかりました」

「内申点、おまけするから」

「それはダメでしょ」

そんなことを言いつつ、冗談よ、とばかりに微笑んできびすをかえすみゆき先生。

うーん、どうするかな。自力でやります、とか言ったけど……。参考書とか買う必要あるか……？

成績の悪い科目をそのままにしておくわけにもいかないし……どうにかするしかない。

そしていつものように放課後は監査部の部室。もう自然な流れだ。

「あの、舜くんにお願いがあるの」

何度目かわからない、このお願い。でもだいたい歓迎しにくいお願いだ。

「恋愛について知る会の、第五弾に協力して欲しいの」

「そんなにやってたっけ？」

「今回は、『休日の恋人の過ごし方』についてなんだけど……」

「恋人の過ごし方ねぇ……」

今回はどんな破天荒な知識を披露してくれるんだろうか。

「って休日？　土日にやるの？」

「うん。それ以外だと祝日もあるけど」

「言いたいことはそれじゃないけど。マジか」

休日にもやるとは。協力するとは言ったけど、放課後だけだと思ってたからな……。

うーむ、また俺の平和指数が下がっていく音がする。

「しかもそれ、外だよな？」

「うん。あ、でもお家もあると思う。私の家か……しゅ、舜くんの家で……」

「いや……それは、うーん……！」

前に一度、放課後に外に出たときは、アリカが加わってきて……ということがあった。まぁそのときは大事になることはなかったけど。

今回、ふたりで外を歩いていて、誰かに後ろ指さされるってことも、ないことはない……。というか、その可能性のほうが高い。でも、だからって外を拒否してどっちかの家に行くっていうのは……。

こんな部室でふたりきりになるより密室空間だし、それは避けたい。

「でもお家だと、自分が普段使ってるものに座ってもらったり、寝転がってもらったり……触れるってことは、匂いとかついちゃって、それを……」

「ストップストップ！　その辺でストップ！」

「あっ……ご、ごめんね。私……」

「想像力が豊かなのは良いけど、つかさの場合、飛び過ぎ」

抑えてと言っても難しいんだろうけど。

「どうしようか？　お家か外か」

今のを聞いて、お家！　とは言いにくい。かといって外は……不安だ。

「んー……………」

あ、そうだ。みゆき先生に言われたこと、忘れてた。現代文の勉強をしないといけないし、それを口実に断るのが良いだろう。理由も正当だ。

ということで、やんわりつかさに断りを入れる。が、しかし……。

「それなら良い考えがあるよ！」

めちゃくちゃ満面の笑みを浮かべるつかさ。転校してきてからも、つかさがこんなに弾けるほどの笑顔を見せたことはない、気がする。

つかさは良い考えと言ってるけど、少なくとも俺には良い予感はしない。

「……一応だけどさ、その考え、聞いても良いか？」

「うん。えっとね」

◆　◆　◆

良い予感はそうでもないけど、悪い予感ってのは結構当たるもので。今回のことに関しても、例に漏れずだった。

今日は休み。天気の良い休日だ。こんな日は、本当なら昼まで寝て、こもってゲームでもしていたい気分。

「ま、そういうわけにもいかないんだけど」

勉強しないといけないからな。

テストの結果が悪かったとはいえ、小テストだ。少し先に控える定期テストで巻き返せば、内申点も十分期待できるものになるはず。

「……………」

が、そのための勉強を、つかさの家でやることに。まぁ、おおむね予想通りというか。

これも恋人同士でやることみたいだね、とも言ってたから、つかさとしては恋愛を知る手段のひとつとしても捉えてるんだろう。

ただ、つかさは成績優秀だし……ある意味、この選択は当然だったのかもしれない。他に友達、いないしな。俺。

つかさに教えてもらった道順で、家に向かう。この辺だと思うけど……。

「って、でっか！　うわ、マジかよ」

目の前にはドーンとでかい敷地、入り口、そして家屋。一般家庭とはほど遠い家だった。

そういやお父さん、政治家って言ってたもんな。そりゃそうか。

入り口のところでインターフォンを押す。するとすぐにつかさが現れた。

「舜くん、いらっしゃい」

「はや」

玄関で待ってただろこれ。

「どうぞ、あがって」

「ああ……お邪魔します」

流れるように家の中に案内される。

部屋も当然のように広かった。つかさは謙遜するけど、広い。

女子の部屋に入るのが初めてってこともあって、じろじろと見てしまう。

「あんまり色んなところ見られると、ちょっと恥ずかしいかな……」

「ご、ごめん……」

「で、でも……部屋にふたりきりだと、クローゼットの中とか、見られちゃったりするのかな……」

「そんなことできないって」

「ベッドに潜り込まれたり……？」

「もっと無理だって」

「あっ……もしかして、ベッドに押し倒されたり……とか……？」

「一番できないって」

変な妄想が膨らんでるけど、今日は勉強をしに来たんだ。本題に戻さないとな。

「つかさ。今日はよろしく」

「え？　あっ、うん。よろしくね」

ふたりきりってことは、裏を返せば誰かに見られる心配もないってことだ。俺から接触しないように気を付ければ、何も問題ない。

「それじゃ、頑張ろう」

「ああ。頼む」

そして勉強を進めていく。わからないところを聞くと、すぐにわかりやすく教えてくれるつかさ。ひとりで勉強するより、圧倒的に効率が良かった。

これは……つかさの家に来て正解だったかも。

「いやー助かるよ」

「そう言ってもらえて良かった」

つかさは最初、上手く教えられるか不安、なんて言ってたけど、謙遜でしかなかったな。

「ん……」

記入をミスった。消しゴムを取ろうと、手を伸ばす。

「あっ」

「っ！　ごめん……！」

ちゃんと見てなかったせいもあり、つかさの手に触れてしまう。俺は咄嗟に手を引っ込めた。

「わ、私こそごめんね。近過ぎたから……」

引っ込めた手をぎゅっと握るつかさ。顔がほんのり紅潮している。

「今の……消しゴムを取るフリして……手を握って、そのまま引っ張られて、押し倒されて……」

「待て待て！」

「だ、ダメ……そんなこと、いくら誰も見てないからって……これじゃ別の勉強になっちゃう……！」

「おーい！　つかさ！」

「‼　あっ、ううん。なんでもないの」

「な、なら良いけど……」

気を取り直して再びテキストに向かう。

「でも、そういうかたちの恋愛もあるんだよね……たぶん」

不安だ。


その後も黙々と勉強に打ち込むふたり。さすがに疲れてきたので休憩を取ることに。

座りっぱなしだったので立ち上がって伸びをする。すると、つかさの机の上にある参考書の数々が目に入った。受験を見据えて、とかかな。

「あ、参考書も使おっか」

俺の視線に気付いたつかさが気を利かせてくれる。机から何冊か持ってきてくれるが……。

バサッ――

「ん？」

参考書が一冊、滑り落ちる。

「え……あっ、それっ！」

床に落ちたものは、明らかに参考書とは思えないデザインの表紙をしていた。

それにタイトルも……。

「『濃密SUKEBE』、『おうちH』……」

どう考えても、エロ本だった。

表紙に写ってる女性も、かなり露出度が高い。ポーズも性的だし、誰がどう見たって、年齢制限アリのアレだった。

「これエロ――」

「違うの！　それは違くて、えっと、保健体育の参考書！」

「いやでもこれ完全にエロ――」

「参考書だもん」

「いやいやエロ――」

「参考書なの」

頑なに参考書だと言い張るつかさ。

「お母さんがこれで勉強しなさいって」

「お母さんが!?」

嘘だろそれは。

「べつに私が見たいとかじゃなくて！　だから関係ないの。本当に違うんだからぁぁぁ……！　これも勉強だと思ってぇぇぇ……！」

「……エロ本抱えて泣くなよ」

未だかつて見たことのない光景だ。

「うぅ……っ、ひっく……っ……」

めちゃくちゃ号泣。

たまたまエロ本を見てしまっただけでこうなるなんて……。

「勉強なのはわかったから。と、とりあえず落ち着け……な？」

ていうかつかさ、こういうので男女間のアレコレを勉強してたってことなのか。となると、つかさの妄想の内容がひどいのもこれのせいか……？

「これ、しまっておくね」

「そうだな」

エロ本を本棚に収納するつかさ。あくまでしっかりとっておくのね。

「こっちが本当の参考書だから」

そう言い、つかさが参考書を開く。

「っ‼」

「こっちも中身エロ本じゃねーか！　どういうこと⁉　あの机にあるの全部エロ本なの？」

「ちっ、違うの！　これはたまたま……！」

たまたまで参考書の中身がエロ本に変わってたまるか！

だいたいカモフラージュかけてる時点で絶対自分でやってるじゃん。お母さんとか絶対嘘じゃん。わかってたけど。

「これもしまっておくから……」

「ずっとしまっとけよ」

自分でもわかんなくなる保管のしかたすんなよな。やってること、思春期の男子と変わらんぞこれ。

「今度こそ」

本を収納したつかさは、別の参考書を開く。

「これもエロ本じゃんか！」


と、大きなトラブルを挟みつつも、ちゃんとした参考書もあったので、それも使いつつ勉強を進めた。

すぐに勉強モードに入ったから、集中もできたし特に影響はなかった。

そして気がつけば日没の時刻。

「もう夕方か。疲れたな……」

「お疲れ様。すごく集中してたもんね」

「つかさのおかげで捗ったよ」

「そんな。舜くんが頑張ったからだよ」

微笑んで謙遜するつかさ。教え方が上手いのか、すんなり入ってくるんだよな。わからないところも、俺が理解できるように説明してくれるし。

つかさと勉強してなかったら、こんなに効率良くはできなかっただろうな。

「んじゃ、そろそろ帰ろうかな」

荷物をまとめて立ち上がる。

「あの、良かったら明日も一緒に勉強会しない？」

「え、ああ……そう言ってくれるのは嬉しいけど、迷惑じゃないか？」

今日の成果を考えれば、つかさに教えてもらえるのはかなりありがたい。

だけど、二日連続だとつかさの休日を全部潰してしまうことになるしな……。

「全然迷惑じゃないよ。舜くんと一緒に勉強できてすごく楽しいし」

楽しい……か。つかさがそう感じていたなら……。

「舜くんこそ、私と勉強するのがイヤじゃなければ、だけど……」

イヤじゃない。まぁ、今日来るまでは抵抗があったけど、今はもうそんなにない。アクシデントはあったけどな。

「むしろそう言ってくれて嬉しいよ。じゃあ、お願いしようかな」

「うん！　じゃあ、明日も待ってるね」

玄関先まで見送りに来るつかさに別れを告げ、帰宅した。

◆　◆　◆

連日の勉強会。つかさの部屋に入って早速テキストを開く。

ここまで勉強に対してやる気が出るってこと、あんまりないんだよな。自分の家だとなかなかここまで集中できないし。

つかさの教え方もそうだけど、この部屋が案外、最適なのかも。

「ふう……腹減ったな」

勉強を始めてから数時間。空腹で、集中していたことに気がつくっていうのも、なかなかない経験だ。

「あ、それならご飯、用意するね」

「え、マジで？　良いのか？」

「うん」

なんだか至れり尽くせりみたいな感じになってきた。けど、本人も乗り気みたいだし……。

「じゃあ……お言葉に甘えて」

「それじゃ、少し待っててね」

部屋を出て行くつかさ。部屋にひとり、取り残される。

「…………………」

つかさも料理、するんだな。成績優秀で家事もできる。なかなかパーフェクトに近い人間だぞ。

「……ズレた恋愛妄想がなければな」

まぁ、玉に瑕ってやつなのか。それもつかさたる所以ってとこかな。

ほどなくしてつかさが部屋に戻ってきたのだが……。

「え、どうした……？」

入ってきたつかさは、めちゃくちゃくちゃげんなりしていた。絶望感が漂ってる。

そしてその理由はすぐにわかった。つかさが手に持っている皿の上。黒こげになった何かが乗っていた。

円形で少し立体的な……なんだろこれ。

「失敗しちゃったのぉ……うぅぅ……」

号泣。昨日はエロ本抱えながらだったけど、今日は黒こげの料理を持って、だ。

「本見ながらやったのに……途中まで良かったのに……ぅぅ……こんな……っ、ぼろぼろに焦げちゃったぁ……」

「泣くなよ……失敗なんて誰にでもあるしさ」

「でもこんなの料理って言えないよぉ…………うわぁぁぁぁぁぁあぁぁぁぁん」

「ま、まぁ落ち着けって。作ってくれたって気持ちだけでも十分だからさ」

呼吸を落ち着けて座るつかさ。テーブルの上には黒こげになった料理が置かれている。

つかさは失敗したと言ってたけど……でも、ここまでして作ってくれたのに、食べないっていうのも……。

何を作ろうとしたのかわからないのが、ちょっと怖いけど。

「あっ……良いよ無理して食べなくても」

「せっかくだからひと口……いただきます」

スプーンですくって口に運ぶ。

サクッ――。

小気味良い音がなったけど、気にせずに咀嚼《そしゃく》する。

「どう……？」

「あれ」

「美味しくないよね……」

「いや、意外といけるかも……」

見た目に反して味は悪くなかった。なんでだろう。というか美味い。

つかさは、無理しなくても良いから、と言うけど、無理なんてしてない。それどころか、どんどん食べたくなる。

「本当に、美味しいの？」

「ああ。いけるいける。つかさもほら」

つかさにスプーンを渡す。そのままつかさもスプーンですくってひと口。

「あ……本当だ。美味しくできてる……」

つかさのさっきまでの表情が一転、ぱあっと明るくなる。いつものつかさらしい笑顔だった。

「あっ……これ、舜くんが使ったスプーン……だよね……」

「え……あっ」

完全に無意識だった！　自然と自分が使ったスプーンをつかさに渡してしまっていた……！

「ごめん、気付かなかった……」

「ううん、私は良いの。べつに……イヤじゃないし……」

「…………」

「なんか、舜くんが使ったスプーンで食べたんだって思ったら……ドキドキしてきちゃった……」

あれ、この感じ……。

「これ、舜くんの唾液、たくさんついてたんだよね……私の口の中で混ざっちゃったんだよね……」

「変な言い方すんなよ。ていうかスプーンもうひとつあれば良いだけだから」

「あっ、そうだよね。取ってくるねっ」

そう言って部屋から飛び出していくつかさ。すぐに戻ってきた。

料理に失敗したショックで忘れてたんだろう。まぁ、味的には成功してたわけだけど。

「料理は普段からするのか？」

「ううん。本当は料理苦手で……」

「え。そうなのか。じゃあなんで……」

「ほら、手料理は男の子のハートを掴む、って聞いたから」

「あー、なるほどね」

恋愛に関係するから、ってことか。

「最近、料理の練習もしてたの。いつか舜くんに食べてもらえるかなって思って」

初めこそは、単純に練習だったらしいのだが、次第に美味しいって言って欲しい、みたいな感情に変わっていったとのことだった。

「苦手なことでも、頑張らないと」

苦手なこと、か。俺で言うところの勉強がそうなんだろう。

「舜くんが苦手なことでも、私協力するから。いつも監査部の作業、手伝ってくれてるお礼もかねて、ね」

「ああ。ありがとう。そのときは頼むよ」


あのあと、また仕切り直してみっちり勉強をし、夕方になったので帰路につく。

なんというか、今日はつかさのひたむきさを垣間見た一日だった。

みんな、できないことでも、なんとか克服してできるようになっていく。簡単じゃないけど、それでも……頑張ればなんとか……。

「……俺は……今はとにかく、自分の成績を上げることだな」

つかさにこれだけ協力してもらってるんだ。その恩を裏切るわけにはいかない。

◆　◆　◆

それから数日の間、俺は勉強の時間を増やした。放課後は監査部の活動をしつつ、こっちの勉強も見てもらう、という日々。

「うっ……この申請書の内容、もう見れないよぉ……」

そしていつものように、申請書の理由欄を見ては妄想を働かせるつかさ。この展開にもだいぶ慣れてきた。

めちゃくちゃな量があるけど、なんとか全てに目を通していく。意見書も届いてるけど、こっちもいつも通り。つかさに対する、恋愛観おかしいですよ、の類だ。

書類の整理が終わり次第、勉強会に移っていく。試験までもうすぐだ。ここがラストスパートってとこだろう。

「今日はこのくらいにしよっか」

「そうだな」

そして日が暮れる。最近は時間が過ぎるのが早い。

たぶん、つかさとだからなんだろう。理由は……小さい頃からの友達だからか、それとも……。

「遠野さん？　いるのかしら」

「先生？」

「あぁやっぱり……って、しゅ――折原くん？」

突然、みゆき先生がやってくる。この前みたいにノックをしてから、ではなく、ドアを開けるとともに、だったので反応が遅れた。

「ふたりはここで何を……？」

「あ、えっと……」

先生の声色は優しいけど、目が笑ってない。今はちゃんと教師モードというか……ふたりきりのときとは明らかに違う。

「ちゃんと距離はとってるみたいだけど、男女がこんな場所にふたりきり……誰かに見られたら勘違いされるかも、ってわかってるわよね？」

当然わかっていた。俺が一番イヤなことだから。

過去のあのとき以来、ずっと心の底にあった。こういうことでまた、勘違いされ、蔑まれ、孤独になっていくのが、恐怖だった。

「先生、違います。今はちゃんと説明できますから。勘違いされても」

「それなら……今は何をしていたの？」

「ふたりで勉強です。今度の試験の」

それからつかさが、俺に代わって先生に全て説明してくれた。

「そういうことなら……ただ、こういう場所ではあまり良く思われないこともあるから、気を付けてね」

そう言い残して、みゆき先生は教室から出て行く。

「舜くん？　どうしたの？」

「いや……なんでもない」

「本当に大丈夫？　顔色悪いよ……？」

俺はあの頃の……小さい頃に公園で起こったあの出来事を、全てつかさに話した。

つかさと公園で待ち合わせしていたときに、女の子のグループに話しかけられ。それが、男女の距離を疑うものだったこと。俺がいくら否定しても聞き入れられなかったこと。

「そう、だったんだ……」

「誰かに何かを言われるのが怖くてさ。もう、ああいう思いはしたくなかったんだ」

力のない声を絞る。弱々しく、ふたりだけの室内に溶けた。

「気づけなくて、ごめんね」

「…………」

「私が気づいてあげられれば……変わったのかもしれないのに」

つかさの口から出た言葉は、想像もできないことだった。まさかそんなふうに……。

つかさに気づけるはずなんてないんだ。言うつもりじゃなかったから。余計な気遣いをさせる可能性だってあったし。

でも今、ここで言ってしまったのは…………つかさに聞いて欲しかったから、なのか……？

つかさになら話しても良いって、思ってしまったからなのか……？

「話してくれてありがとう。舜くんさえイヤじゃなければだけど……それも一緒に、頑張って乗り越えていこう？」

「つかさ……どうしてそこまで……」

「なんでかな。舜くんのためなら協力したい、って思うの。そういう気持ちになれる」

力強くて、心に染みる言葉だった。

何かと俺に力を貸してくれる。その根底にある理由は、俺にはわからないけど……でも。

「ありがとう。嬉しいよ」

今までになかったこと。それは俺が今まで、人との交流を避けてたってこともあるけど。

今だけは、つかさの言葉に、甘えても良いのかな……。

つかさとなら、なんとかできそうな気がする。

「うん。頑張ろうね」

◆　◆　◆

試験も間近に迫ったある放課後。今日も今日とて勉強に励んでいたのだが。

「すぅ……すぅ……」

連日の疲れもあってか、途中でつかさは眠ってしまっていた。

外を見ればすでに日は落ちて、群青色の空が広がっている。室内の蛍光灯の明かりが、外から目立つ頃合いだ。

「ん……あっ、私っ……！」

「おはよ」

寝ぼけ眼で飛び起きるつかさ。外が暗いのを見て、状況を悟ったらしい。

「ごめんね……途中で寝ちゃって……」

「気にすんなよ。俺が手伝わせてるせいもあるし。もしかして寝不足なのか？」

「あはは……ちょっとね」

「今日はもうお開きだ。帰ろう」

そう言って椅子から立ち上がったとき。

「あ……」

つかさの体がふらつき、そのまま倒れていく。俺は咄嗟に抱えるようにして受け止めた。

「あ……ごめんね、力抜けちゃって……」

「良いって」

もはや触れてしまったことはどうでも良い。早くつかさを家に送っていかないとな……。

つかさの肩を支えながら昇降口を出る。

「折原くんに遠野さん？　ちょっとどうしたの？」

「あ、先生」

一瞬、焦った。けど、みゆき先生なら……。

俺は事の次第を先生に説明する。先生はすぐに理解してくれた。なんだかんだ、変なこと言ったりしたりするけど、いざとなったら頼れる人だな。

つかさはみゆき先生の肩を借り、よたよたと歩き始める。俺はその近くを一緒に歩いて、つかさの家に向かった。

歩きながら、みゆき先生はつかさに、あまり頑張り過ぎないようにと軽く注意を促す。先生もしっかり見てるんだろう。

つかさも大人しく、先生の言葉に耳を傾けていた。

そして、つかさの家に着いたところで先生は去っていく。

「とにかく、無事で良かったよ。今日はゆっくり休めよ？」

「うん。今日は本当にありがとう」

「良いって。ちゃんと明日、学校に来いよ」

つかさが頷いたのを見て、俺も帰路につく。

今日、つかさを抱えたとき、誰かに見られていたら……。

「…………」

いや、もう良い。あんな状況で手を貸さない選択肢はない。例えそこを誰かに見られたとしても、勘違いされたとしても、今なら説明できる。あの頃はできなかったけど、今なら。

苦手なことでも少しずつ、だ。

なんだか何かとつかさの言葉に助けられてる気がする。つかさの存在が、強く、大きく感じられる。

帰り道、そんなことを考えながら自宅へ歩いた。

◆　◆　◆

結局つかさは大事には至らず、単純に疲れが溜まっていただけだったらしい。良かった良かった。

そこからさらに数日が経ち、試験当日。つかさの教えもあって手応えは上々だった。

「つかさのおかげでなんとか良い点取れそうだ。ありがとな」

「ううん、全然。舜くんが頑張ったからだよ」

相変わらずの態度。本当につかさがいなかったら……最悪赤点もあったかもしれない。つかさ様々だ。

今まで勉強に付き合ってもらったお礼、何かしないとな。

「何か今回のお礼させてくれ」

「い、良いのに、気を遣わなくても」

「本当につかさがいたから、だしな。何かして欲しいこととか、手伝って欲しいこととかあったら」

するとつかさは少し考え込む。形式的なお礼じゃない。ここまでつかさと接する時間が多くなって、自然とつかさに何かしてあげたい、っていう気持ちが大きくなってきていた。

だからある意味、つかさに何かできる、良い口実ができたとも言える。

「お願い、ってわけじゃないんだけど……」

「なんでも良いぞ」

「今、私が思ってること、言うね」

つかさがひとつ、深呼吸をする。何か意を決したような、でもどこか穏やかなような表情をしている。

「私ね……舜くんが好き」

「それは……」

突然だった。思いがけないひと言。つかさから告白された瞬間、全身が緊張する感じがあった。

「……恋愛を知るための何か、なのか？」

「ううん。違う。だんだん気付いたことなの。いつの間にか、どうしたら舜くんと楽しく過ごせるかな、とか、もっと一緒にいたいとか」

声は小さいけど、はっきりとした言葉。俺の心に響いてくる。

「たぶん、前から思ってたんだけど、気付けなかったんだと思う。こういう気持ちになるのが恋愛なんだろうね」

「本気で思ってる……ってこと？」

「ずっと迷ってた。守らないといけないこともあるけど、でも自分の気持ちはどんどんおっきくなっていく」

「…………」

「どうしたら良いかわからなかったけど、前に舜くんが、自分に素直になれば良いって、言ってくれたの思いだして……」

「そう、か」

「だから私と……付き合って欲しいの。友達から恋人に、なって欲しいの……」

半ば強引に入れられた監査部だったけど、それがなければつかさと交流を深めることはなかった。初めはイヤイヤだったけど、今はもうそんなことはない。色んなことに協力してくれる、優しくてひたむきなつかさに、次第に惹かれていった。

「俺も、つかさのことが好きだよ」

「え……本当に？」

「嘘なんかじゃないよ。つかさといる時間が多くなって、段々楽しく思えてきてたから」

今なら本心からそう言える。

「ちょっとネジ外れるときあるけど、それも含めて、つかさのことが好きになったんだと思う」

あれもつかさの魅力のひとつにすら感じられる。

「だから……付き合おう」

「ぁ……っ、うぅ……っ、うわぁぁぁあぁっ」

「いや泣くのかよ！」

「だってぇぇぇ……そんなふうに、言ってもらえるなんて……っ、思ってなかったからぁぁぁぁ……」

「はは……なんなんだか」

でも、泣いて喜んでくれるのは……嬉しいな。それだけ気持ちを込めてくれた、ってことだもんな。

「うっ……あ、ありがとう、舜くん……」

これから、賑やかになりそうな予感がする。

三章　蜜のように甘い

お互いに気持ちを打ち明け合ったあと、俺たちは申請書に記入し、担当の先生に提出した。

本来は監査部の部長であるつかさに提出するわけだが、俺とつかさが付き合うのを、つかさが審査するのも、という話だ。

ごく自然な、正当な理由を書いて提出した申請書は、問題なく受理された。申請理由は俺が書いた。つかさに任せたら大変なことになりそうだし。

つかさは自分で書きたがってたけど。

「…………」

少し、後ろめたさはある。今まで不認可を出し続けてたし。

それはつかさも感じているようで、反省していた。恋愛を知らないせいで自分の判断が間違ってることもあったかも、と。

「でも、だからこそこれからどんどん恋愛を知っていかないと」

俺がそう言うと、つかさは俯いていた顔をあげ、少し笑みをこぼした。

「……うん、そうだね。頑張らないと」

その後、俺たちは放課後に街中に出てデートをした。初めての経験だ。認可シールがあるから大丈夫、と思いつつも、やっぱりどこか不安になってる自分たちがいた。

それでも、つかさといられるのは嬉しい。体が触れてしまっても問題ない。なんなら、手を繋ぐことだって許される。

ふたりで並んで歩くときも、間に距離はない。手と手がぶつかる距離。心も体も、近づいていた。

付き合い始めた当日こそ、お互いドキドキ感でたまらなかったけど、次第にこの距離感にも慣れてきて。今ではもう、普通に接することができるようになっていた。

「ここ、行こう？」

ある放課後、映画を見終わったあと、少し小腹が空いたので……ということで、つかさの希望のお店へ。

「これ、すごいね」

「でか」

思ってたよりでかい。こんなに重ねるものなのか。

「美味しそうだね♪」

「ああ……」

つかさの目がキラキラ輝いてる。女の子はこういうの、好きなんだな。

男の俺にはちょっと重そうに感じる。いや、実際食べたら美味しいんだろうけど。

「つかさ、甘いもの好きだったんだな」

「うん、大好きだよ。ん～～♪　美味しい♪」

どんどん手と口が動く。こんなつかさを見るのは初めてだ。

「舜くん……」

「ん？」

「あ、あーん……」

「マジか」

「こういうのも、せっかく恋人なんだから」

ちょっと恥ずかしいけど、でも、これが恋人ってやつだもんな。

「あーん……」

俺の開いた口に、つかさがパンケーキを差し出す。なんかドキドキするな。

「んぐんぐ……」

「美味しいでしょ？」

「うん、うまい」

シロップの甘さがちょうど良い。パンもふわふわで、食感も良い。

「飲み物もあるよ。ほら」

「お……これは……」

トロピカルな感じのジュース。は良いとして、そこにささってるストローが気になった。

「ストロー二本あるけど、ハート型になって交差してるね」

「ああ……」

自分のストローを引き寄せられない。ふたりで飲もうとしたら、顔を近づける必要がある。

「い、一緒に飲もう？」

食べさせてもらうのと同じくらい、照れる。けど、ここまできたらもう、この恋人同士っていうのを存分に楽しんでいこう！

「おっけ。飲もうか」

ふたりで顔を近づけて、ストローを口に含む。つかさの顔が……めちゃめちゃ近い……というか、もうくっつきそうだ……。

「ん……」

つかさの唇が……瑞々しく見える。柔らかそうで……これにもし、触れたら……どんな感触が……。

「って……ダメだダメだ」

「?? どうしたの？」

「あ、いや……なんでもない」

普段つかさに変な妄想するな、とか言っておいて、俺がしてしまってる。でも……せざるを得ない、というか……。

「な、なんだか……このまま、ふたりの唇……ぶつかっちゃいそう……しかも、ストロー通って、唾液が入って、お互いの……」

「おーい！」

結局つかさも同じような状態になっていた。

「あっ、私……ごめんね」

「いや、大丈夫」

俺も似たようなことを考えてたから。さすがに唾液がどうこう、とは思ってなかったけど。

「なんだ。急にどうした」

「………なんか、すごく楽しい」

「こうやって舜くんとふたりで遊んで、食べて、お話しするのが……すごく楽しいの。恋人なんだなぁ、って、実感する」

「改まって言われると、ちょっと恥ずかしいけど……でも、俺も感じるよ」

俺にとっても初めての彼女だ。こういうのが、人と付き合う、人と恋愛するっていうことなんだろう。想像していたのと大きなズレはないけど、実際に経験するとやっぱり新鮮だ。

「他にも何か頼もっか」

「すごいな。まだ食べられるのか」

「甘いものはたくさん食べられるもん。ほら、このフルーツのとか」

つかさが生き生きとしている。それを隣で見ているだけでも、心が躍るのがわかる。

「舜くん？」

「ああ、ごめん。そうだな、それ食べよう」

その後、ふたりで満足いくまでケーキを食べ尽くした。


お店を出る頃には、空はすっかり朱く染まっていた。そのまま帰路につき、それぞれ家に帰るかと思ったのだが。

「そういえば、舜くんのお家、行ったことないね」

つかさがそんなことを言ったもんだから、俺の家に招くことになった。

「…………」

室内に入ったつかさは、どこかそわそわしていて。

そして、どこか…………妙な色気を感じた。

「ねえ……舜くん」

「どうした……？」

「男の子が、女の子を部屋に入れてくれたら……もう、その気なんだ……って、本で読んだの」

「……っ」

胸の鼓動が高鳴っていくのを感じる。無意識のうちに、つかさとの距離が縮んでいき、お互いの顔が近づく。

そして、唇と唇が触れ合った。

「ん……っ、ちゅ…………ちゅぅ、んっ……んちゅ……」

「……っ、んん…………はぁ………」

柔らかく温かい唇が、優しく押し当てられる。

その後も何度か、互いの唇をついばむようなキスを繰り返す。もう、気持ちが昂ぶって仕方なかった。

さらに次のステップへと進んでいく。慣れない手つきでベルトを外し、ズボンを下ろし。すっかり怒張したペニスが露わになった。

「……これが……舜くんのおちんちん……こんなに大きいんだ……」

まじまじと見ていたつかさの手が、俺のペニスを包む。情けない声が出たが、つかさは握ったまま。

「本で見たこと、やってみるね」

そう言って、つかさはペニスをしごき始める。

自分でするのとは全く違う感覚。力加減も違うから、刺激が新鮮に感じられた。

その後もしばらく、つかさの手コキが続く。

興味深くペニスを眺めたり、匂いを嗅いだり……。恥ずかしいけど……でも、気持ちが良いし、嬉しいという感情もあった。

するとつかさが少し変化をつける。

「もっと……気持ち良くなること、やってみるね」

つかさの顔がさらにペニスに近づく。ゆっくりと口が開くのが見えた。ねっとりとした生温かい吐息が、ペニスに降り注ぐ。

「ん、ちゅ……れろれろ、んっ……んんっ……」

「うあっ……！」

柔らかい感触が、ペニスを包み込む。唾液がべっとりと塗りたくられていくのがわかった。

つかさの舌が、俺のに……触れてる……。実際に与えられる刺激とは別に、精神的にもくるものがあった。

「んぷ……びくんって、おちんちんすごくびっくりしてる」

「そりゃ……なるよ。気持ち、良いし……」

「良かった。それじゃ、続けるね。んちゅ…………れろ、れろ、ちゅぷ…………んっ……んぷ……」

「っ………！」

声が出ないくらい、全身が痺れてくる。頬裏の柔肉がペニスにぴたりと張りついて、粘着するのが心地良い。

亀頭だけでなく、根元から全体を丹念に舐めるつかさ。

舌の腹でなでられるのも、舌先で裏筋をつー……っとなぞられるのも、何もかもが快感へと昇華された。

「んんっ……ん、何か、出てきた……んじゅるっ、ぬるぬるってしてる……精液……じゃない、よね」

あまりの快感に、体も正直になっていく。我慢汁が、ペニスの根元から先端に向かってはき出されていく感覚が、良くわかった。

「我慢汁とか、カウパーって言って、気持ち良いときに、出る……」

つかさにそう説明すると、気を良くしたのか、さらにペニスを責め立てる。

より積極的に、より丹念に、ペニスがつかさの口に犯される。とろとろの唾液が、ペニスに粘り着いた。

「んぷっ……！　ん、またびくってしたね……んちゅ、れろ……おちんちん舐めるの、そんなに気持ち良いんだ……んふふ……」

まだまだ終わらないつかさの責め。ペニスはすっかりつかさ色に染まっていて、完全につかさのものになっていた。

口淫ばかりでなく、ペニスを掴む手も変わらずしごき続けている。時折、揉むような動作も入れて、柔らかい刺激が伝わってきた。

俺の体内に、どんどん快楽が蓄積されていく。

舌はペニスを根元から先端へと舐めあげ、疑似的に生温かい肉の筒に入れているような錯覚を感じさせる。

「んちゅ……んっ……おちんちん、ちょっと膨らんできた……ん、れろれろ……ぁ……んはぁ……」

こんなのがずっと続く。俺だって初めての経験だ。さすがにもう、耐えられなかった。

「うぁ……つかさ、ごめっ――」

快感が一瞬で爆発し、それが射精となって現れる。白濁液が勢い良く飛び出して、つかさの頬をかすめた。

「んっ、ひゃんっ！」

「ご、ごめん……急に……」

突然の射精に驚くつかさ。合図を出す余裕もなかった……。悪いことをしたと思いつつも、顔に精液のかかったつかさが、どこかエロくて……興奮してしまう。

「ふわ……すごい……これが射精、なんだね……こんなに勢い良く出てくるんだ……」

「はぁ……はぁ……ごめん、急に出して……」

「ううん、良いの。気持ち良かったから、出ちゃったんだよね？」

「あぁ……」

それなら良かった、と微笑むつかさ。精液が顔に付着していることなんて気にならない様子だった。

「……その、このあとって……せっくす、だよね……？」

「え、あぁ……」

「私、舜くんにしてもらいたい……舜くんとしたい…………私の初めて……」

つかさはそう言うと、ゆっくり立ち上がる。

制服を脱いでいき、徐々に白い素肌が露わになっていった。

「…………」

胸の高鳴りが抑えられない。目の前に……裸のつかさがいる。

これ……マジ、なのか。夢じゃないいんだよな。

自問したくなるくらい、気が動転し始めていた。

「ふふ……舜くんの、またおっきくなってる」

しっかりペニスも反応していた。ドクドクと血の巡りが早くなっている感じがする。

勃起の限界を迎えているはずのペニスが、さらに大きく、さらに硬くなろうとしていた。

「……すごく緊張してるよ。胸がドキドキしてて……これからするんだ……って思うと……もう……」

「……そっか」

つかさも気持ちは同じだったようだ。お互いに初めての行為。心境がリンクしているようで、どこか嬉しかった。

「もう…………大丈夫だよ」

全裸のつかさが……目の前で仰向けになる。

豊かなふたつの膨らみと、その先端の突起……。これが生のおっぱい……白くて綺麗で、つかさが体を揺らすたびに、ふわふわと揺れ動く。

「………」

思わず生唾を飲み込んだ。触ってみたい……この膨らみに、触れたい。が、それ以上に……つかさの中に入りたい。ひとつになりたい。

俺はつかさの唾液が塗りたくられたペニスを、秘部に向ける。

そういえば、ここも生で見たのは初めてだ……。綺麗なピンク色をしてる。そしてエロい。それは本能的に感じたことだった。

ペニスの先端を少し割れ目の中にもぐらせると、くちゅり……と水の音がした。愛液がすでに溢れている。

「んっ……今から……舜くんのおちんちん、私の中に入ってくるんだね……舜くんと、ひとつに………」

ひとつ深呼吸をして気持ちを落ち着かせる。

「いくぞ」

つかさが頷いたのを確認し、ゆっくりと腰を前に突き出した。

「んんっ！　は、あぁっ……！　んっ、はあぁぁぁ～～～っ……!!」

ギチギチと音がしそうなくらい、つかさの膣口が狭い。窮屈な穴を、怒張したペニスが

押し広げていく。

「いぅっ……！　は、あっ……んっ……！　あぁぁ……っ……！」

つかさの蜜壺がかなり細く、なかなか奥まで到達しない。俺のペニスの進入を、熱い肉の壁が防いでいるようだった。

「大丈夫か……？」

痛みに耐え、顔を歪めるつかさを見て、思わず進入を止める。

「だいじょうぶ、だから……おくまで、入れて……？　おっきなおちんちん、私のおまんこの、一番おくまで……っ……」

つかさの気持ちを受け取って、腰を前に突き出していく。何かつっかかりを越えるような感覚があって、ようやく奥まで達した。

「んぁっ！　はぁ……はぁ……はあ……ん、おくまで……入って、きてる……」

「ああ、全部入ったよ」

「はあ、はあ……おちんちん、私のおまんこに……全部、入ったんだね……」

根元まですっぽり収まったペニスを肉壺が潰してくる。音が聞こえそうなくらい締めてきて、肉ヒダや愛液がべっとりと絡みついてくる。

「ん……動いて、良いよ……？　舜くんに、もっと気持ち良く、なって欲しいから……おちんちんで、おまんこ……いっぱい突いて……？」

入れた状態でそんなことを言われたら……思わずつかさの膣内で、ペニスがびくんと跳ねる。

「それじゃ……」

ゆっくり腰を引き、再び突き出す。前後に動かすときも、すごい締め付けで、なかなかスムーズにはできない。

「んっ……はぁ……っ、あっ……んっ……おちんちん、なんかいも……おまんこに、はいって、きて……る……っ」

膣内をかきわけるようにして、奥へと突き進む。次第につかさの膣内の愛液の分泌量も多くなってきてる。

ペニスを引き出すときに、愛液が一緒に漏れ出てきて、シーツを濡らす。

腰を前後に動かしたときの、ぐちゅぐちゅという音が、気持ちを昂ぶらせる。

「つかさの……すごく気持ち良いよ」

「私も……っ、舜くんの、おちんちん……気持ち良い……、ぁっ、んんっ……おまんこ、こすれて……ぁっ、んんっ……」

肉壺で愛液と我慢汁が混ざり合い、出し入れが滑らかになっていく。

なんだか、膣内の肉が生きてるような感覚。もう何も考えられない。とてつもなく、気持ち良い。

「はぁ……はあ、んっ……ぁっ、おちんちん、あついの……っ、んんっ、おまんこ……とけちゃう……あっ、はぁっ……」

「つかさのなかも、すごく熱いよ……やけどしそうだ」

「はあ、んはぁっ……もっと、たくさん動いても、だいじょうぶ……だから……ぁっ、はぁ……は、あぁっ……！」

「良い、のか？」

「だんだん、痛くなくなってきたから……ぁっ、もう少し、んっ……強くして……私も、もっと気持ち良く……なりたい……」

そういうことなら、とつかさの望むように腰を動かす。

少し強く、そして速く前後にピストンを繰り返す。さっきよりも、飛び散る愛液の量が多くなった。

「んぁっ、あっ……んんっ……おく、むずむずって、じんじんって、おまんこのおく、感じちゃう……っ、ぁっ、ひぁっ、んんっ！」

ぐちゅぐちゅ、ばちゅんばちゅん――。

結合部から淫らな音が、ふたりだけの室内に響き渡る。

そして、つかさを突くたびに動くおっぱいが、さらに興奮させてくれる。ぷるぷると弾むように揺れる。

「はあっ、んっ！　んっくぅっ！　は、んんぁっ……ふひぁっ！　はぁ、はぁ……っ、んっ、おまんこ、あつく、なってきちゃ、ぁっ！」

「つかさ……気持ち良いよ……」

ただひたすら、つかさを求める。俺の頭の中が、全てつかさで埋め尽くされてるみたいだ。快楽だけを追って、それ以外のことが何も考えられない。

つかさの感じてる顔、揺れるおっぱい、ペニスを咥え込む秘部……。つかさが艶やかな声をあげるたびに、神経が刺激される。

「んんぁっ、あっ、んっ、わたしも……舜くんの、おちんちん、すごく、良いの……っ、ぁっ、んんっ、ぁぅっ！　んんぁっ……」

つかさも気持ち良くなってくれてる。俺とセックスをして、気持ち良いと言ってくれてる。ものすごく嬉しかった。その嬉しいという感情が、二度目の射精感を募らせる。

「からだ、んっ……ふるえて、きちゃ……ぁっ、んんぁっ、ひあっ……んっ、おまんこ、ずぼって……んんぁっ……はぁあっ！」

自然と、腰の動きがより激しくなっていく。つかさの膣内を……つかさを、俺のものにしたい。

「はあ……んっ、おまんこ、あついぃ……んっ、うぅぁっ、はあ……あっ、もうっ……んんぁっ、あっ、あっ、んいぃっ……！」

「イキそう……なのか？」

「んんっ、んぁっ……わからない、けどぉ……あっ、んぅっ……おまんこの、おくから、はっ、あぁっ、何か、きちゃ……うぅっ……んぁあっ……！」

膣内の締め付けがさらに強くなる。きゅむきゅむと音が聞こえてきそうなくらい、きつくペニスを縛り上げる。

「はぁっ、んっ……！　んんぅっ、舜くんも……んっ、おちんちん、おまんこのなかで、また……ぁっ、おっきくなって、きてるよ……」

「あぁ……俺も、また出そうなんだ……」

正直、初めてにしてはもったほうだと思う。入れてすぐに出るかと思ったけど、それは大丈夫だった。

ちゃんとつかさと感じたかったし……それができて良かった。

「んっ、んっ……うんっ……出して、良いよ……んぁっ、はっ、んんんんっ!!　はぁっ、あっ……んんっ、んくぅっ！」

つかさの声もどんどん大きくなっていく。それに合わせて、膣内の収縮も強くなっていき、ペニスが押しつぶされそうになった。

「おはぁ、んっ、おまんこに、っ……いっぱい、出して良いからっ……んぁっ、あっ、あっ、あんっ、ひぁうっ、んんぁっ！」

「つかさ……っ、いく……っ」

「私も、んんんっ！　びりびりって、して……っ、あっ、あんっ、くるっ、んんんっ、きちゃうぅっ……！　あっ、あんんっ、んんぁっ！」

繋がったままの絶頂を味わいたくて、より強くより激しくつかさを求める。摩擦でペニスがすり減りそうなくらい、膣内を擦りつけた。

「は、ああっ……んっ、イクっ、イっちゃう……！　んんぁっ、あっ、あっ、あんっ、んっ、んんぁっ、ひぁうっ！　んんんんぁっ！」

瞬間、一気に解き放たれる感覚。ペニスの先から音を立てて、白濁液が飛び出していった。

「ひぁっ！　んんん～～～～～～～～～～～～～っ!!」

射精とともに、つかさも絶頂を迎えた。射精中のペニスが、肉壁に押さえつけられる。

膣内の圧が、射精を促すようにも感じられた。

「あああああっ、んんっ！　おまんこ、あつい……精液、なかにいっぱい出て……ぁ、んあぁ……はあっ……あっ……！」

ドロドロの液体がつかさの膣内を侵していく。結合部からも少し漏れてきていて、その量に自分でも驚いた。

「はあ、あっ、はぁ……おまんこの、おくに……っ、びゅびゅって、あたってる……っ……んんっ……」

なかなか終わらない射精だった。こんなに出続けるなんて、初めてだ。

それでも終わりはくるもので、つかさの呼吸が落ち着き出したころ、ようやく止まった。

「はあ……はあ……はあ……んっ、おわった……？」

「ああ……全部出たよ」

「私もイっちゃって……はあ、はあ……何も、考えられなくなっちゃって……んっ、はぁ……」

「俺もだ。つかさのことしか、見えてなかった」

体を重ねるっていうのはこういうことなんだ、と知った。ふたりで気持ちが高まってい
って、感情がリンクしていたような感じ。いつまでもしていられる。

「お腹の中、あったかい……これが、せっくすなんだね……舜くんとできて、とっても幸
せ……」

俺はつかさを抱きしめる。まだ絶頂の余韻に浸っているせいか、お互いの体は熱いまま。

つかさも肩で息をしていたけど、段々と落ち着いてくる。俺もつかさの横に並んで仰向
けになった。

「終わったのに、まだドキドキしてる。舜くんのおちんちん、まだここに入ってるみたい」

微笑みながら言うつかさ。実際、俺もまだつかさの膣内に入れてるような感覚が残ってる。

「舜くんとひとつになれて……すごく嬉しかった」

「なんか照れるな」

「あはは……でも本当だから」

お互いに体を寄せ合う。これだけ密着できるのも、俺たちが恋人同士になったからだ。こ
んなに幸せなことだとは……思わなかった。

「今日……今までで一番の思い出かも。初めての……記念日だから」

「俺もだよ。こんな日、今までなかった」

「ずっと覚えてようね」

「ああ、忘れないよ」

約束を交わして、キスをする。事後のキスは、熱っぽくてまた特別な味だった。

「それじゃ、またね」

「ああ」

玄関先でつかさを見送る。あれだけ濃密な時間を過ごしたあとだから、少しだけ寂しい感じもした。

でも、今さら俺たちに壁はない。いつでも会いたいときに会える。

「あ、そうだ。次の休みなんだけどさ」

今まで放課後にデートを重ねるくらいだった。たまには休日にどこかに行きたい。それも街中とか喫茶店とか、そういうところではなく。

「海行かないか?」

「海……うんっ！　行こっ」

「よし決まりだ」

喜んでくれてるみたいで良かった。やっぱり彼女ができたら海とかプールとかには行ってみたかった。

水着姿も見られるし。

「楽しみにしてるね♪」

そう言って背中を向けるつかさを見送る。

次は海デート。俄然、楽しみだ。

◆　◆　◆

そして休日。約束通り、つかさと海にやってきた。

「海、気持ち良いねー」

来て早速、波打ち際で水遊びする。

水着姿のつかさは眩しい。目に焼き付けておこう。もう裸を見てるけど、それとこれとは別だ。

「ビーチボールあるからさ。これ使おう」

「あ、良いね。やろう」

お互いにボールをうち合って、さらに水もかけ合う。

「隙アリだ」

「むー。えいっ」

「おわっ！」

やり返される。ボールじゃなくて水の打ち合いになって、お互いに全身びしょ濡れだ。

いや、でもこれこそ海って感じ。来た甲斐があった。

「わっ、口の中に入っちゃった」

「俺もう鼻にも入ってるよ」

「えっ、大丈夫⁉　痛くない……？」

心配そうにつかさが少し近づいてくる。

「隙アリ！」

「んぷぁっ！　もぉ～～～～‼」

「ははっ、つかさは心配性だからなぁ」

「お返し！」

当然、つかさは怒っていない。むしろ笑って楽しんでくれてる。こういう遊びができるのも、やっぱりつかさが彼女だからだ。

走るつかさの胸が揺れる。うーん、水着って素晴らしいな。ずっと見ていたい。

「舜くん、さっきから……あっ！　わ、私の……おっぱい、見てる……？」

「バレた」

「い、良いんだけど……でも、こんなところで……も、もしかして、これが羞恥《しゅうち》ぷれい？　っていうの……？」

「いやいや、待て待て」

「みんな見てるところで……ハプニングに見せかけて、水着外しちゃったり……？」

「しないしない」

久々だなつかさの飛躍妄想。

「本当に……？」

「俺がそんなことすると思ってるのか」

「わ、わからないよ？　男の子って、そういうの好きって聞くし」

特殊なんだよ、いるけどさ。

「もう妄想やめやめ！　普通に遊ぼう」

「うん、ごめんね。って、元々は舜くんが私のおっぱいばっかり見てるから……」

それもそうだ。

「よし、ちょっとお腹も空いたし、何か食べるか」

「あっ、話逸らすなんてずるいよー」

つかさの文句を聞き流し、荷物を置いたビニールシートへと向かった。

少し休憩をしてから再び海へ。

ちょっと深いところまで行ったのだが、そのときにつかさが泳げないということが発覚。

俺が臨時コーチとなって教えたのだが、割とすぐに習得してしまった。単純に溺れる恐怖心が強かっただけみたいだ。

「ふぅ……疲れた。教えてくれてありがとうね」

「良いって良いって。ほら、これ」

「あ、かき氷……買ってきてくれたの？」

「疲れたあとにちょうど良いかと思ってさ」

買ってきたかき氷を渡し、ふたりでそれぞれ食べる。

んーむ、海で食べるかき氷って、普通に食べるより数倍美味いよな。

「舜くん、あーん」

「あー……ん」

つかさが差し出してきたスプーンを咥える。

「うまい」

「ふふ、良かった」

「じゃあつかさにも……あーん」

お返しで俺もつかさにスプーンを差し出す。つかさが口を開けて、ゆっくり咥えた。

「あー……ん。ん……美味しい」

最初こそ恥ずかしかったけど、今ではもう慣れた。むしろ楽しいし嬉しい。こういうことができる人がいるっていうのが……。

「食べ終わったらもう少し遊ぼうか」

「うん。せっかく来たんだから、たくさん遊ばないと」

かき氷をゆっくりまったりと食べたあと、ふたりで砂の城を作ったり、砂に埋まったりして海を満喫した。


遊び続けて気がつけば結構時間が経っていた。

とはいえ季節は夏。未だ青空が広がっていて、太陽もまだまだ元気だ。

「少し人、減ってきたね」

それでもやっぱり昼を過ぎて夕方に差しかかる頃合い。人がだいぶ減って、俺たちのビニールシートの周りには誰もいなくなっていた。

取った場所が良かったかもな。

「……ふたりきりになったみたいだね」

「ああ……そうだな。今はなんか、ふたりだけの世界って感じがするよ」

「……うん。気持ち良いね」

ビニールシートに座りながら、ぼんやり海を眺める。打ち寄せる波の音に耳を傾けた。

「楽しかったな。今日一日。朝からずっと」

「うん。すごく」

微笑んで頷いたつかさは、何か言いたげな雰囲気を醸し出していた。

「でも……まだ一日、終わってないよ？」

「…………」

つかさの言葉の意味はわかる。海ではなくつかさを見ると、少し頬が赤くなっていた。

「舜くん……」

ゆっくり、お互いの顔が近づく。そして唇同士が触れ合った。

「んっ……ちゅっ…………ん、ちゅ…………んっ」

少し舌を絡めた、大人っぽいキス。ふたりきりの砂浜で、完全にふたりきりの世界に入っていた。

「今……ふたりだけ、だから……」

「ああ……そうだな」

シートから立ち上がり、岩陰のほうへと向かう。体が熱くなっていくのがわかる。

こんなところで……と思ったが、こんなところだからこそ……つかさとひとつになりたい。そんなふうに思ってしまった。

「つかさ……これ……」

「舜くん、おっぱい好きだから……おちんちん、挟んでみたの」

岩陰に移動するまでにすっかり勃起していたペニスが、つかさの胸の間に挟まれる。

柔らかな肌触りが、優しくペニスを囲む。

「ふふ……おちんちん、可愛い……」

両側から胸を押しつけてくる。そしてゆっくり上下に動かし、ペニスを絞り上げ始めた。

「ん……ん、ちゅ……ちゅぷっ、んんっ……もう、えっちなお汁、出てきてる……」

「うぁ……つかさ……っ」

いきなりペニスにキスをして、そのまま吸い上げてくる。

すでに我慢汁は溢れていて、つかさのパイズリに合わせてさらに分泌されていく。

「んふ……このままおっぱいでするね。気持ち良くなってほしいから……んんっ、しょ……んっ……」

むにゅむにゅと音が聞こえてきそうなくらい、柔らかい。大きさもそうだけど……何よりこの弾力が……たまらない。

「おっぱい、気持ち良い？　形とか柔らかさは良いかな、って思ってるんだけど……」

「想像してたのよりもかなり。こんな気持ち良いなんて思わなかった」

気持ちよさのあまり、ペニスがおっぱいの間でぴんと跳ねる。

「ん、おちんちん、暴れちゃダメだよ……んっ、今は、私がちゃんとおっぱいで……んっ、むにむにしてあげてるんだから」

そう言って、一心不乱にペニスをいじり倒すつかさ。

手でされるのとは全然違う気持ちよさだ。

「ん……またえっちなの出てきてる……んちゅ、るっ……んん、れろ、れろ……ちゅぷっ……」

出てきたカウパーをすぐさま舐めとるつかさ。その間も胸を上下させるのは怠らない。

「はぁ……れろ、れろ……んちゅ……んっ、はぁ……えっちな味、えっちな匂い……今の

舜くん、ぜんぶえっちだよ」

「つかさも同じだぞ。顔もおっぱいもおまんこも、ぜんぶエロい」

「それは、舜くんがえっち過ぎるからだよ……こんなにおちんちん、かちかちにしてるから……んっ、しょ……んんっ……」

　おっぱいの揺れ動きが視覚的にも興奮させられる。

　俺のが、挟まってるんだよな……なんか、感動する。

「ふわ……あ、んっ……どんどん硬くなってくる……ん、しょ……舜くん……こうしてほしい、とか、何かあるかな……？」

「そう、だな……」

　色々と考えてみる。今のままでも十分気持ち良いけど……でも、もっと強い刺激が欲しくなってしまう。

「もっとおっぱいで強く挟んで、しごいてくれないか」

「強く挟んで……おちんちん、いっぱい擦れば良いんだね？」

「ああ、頼む。気持ちよさそうだから」

「うん……それじゃ、頑張るね」

　ペニスを挟むおっぱいから、力が伝わってくる。

　ぐっ、と圧迫される感覚があって、ペニスが一気に強い刺激に見舞われた。

　どくん……と、体の中の何かが高まる。

「じゃあ……んっ、しょ……んんっ……んっ、あっ、また出てきてる……んちゅ……れろれろ、んっ……ちゅぱっ……」

パイズリの最中、時折くる舌先の感触に、体が反応してしまう。

腰がびくんって震えるの、ちょっと恥ずかしいんだよな……。

「どう、かな……？　こんな感じで大丈夫？」

「ああ……かなり……結構やばいかも」

「本当に？　気持ち良い？」

「ああ、すごく良い……」

舌先でちろちろと舐められるのが、かなり効く。舌は亀頭で胸が根元からカリ首の辺りまで、という分担。

胸と舌の合わせ技の相乗効果、恐るべしだな……。

「んちゅ、ちゅ……れろれろぉ……んんっ、びくびくって、またおちんちん跳ねてる……っ、んちゅ、んんっ……」

敏感な亀頭に舌の刺激は強い。ざらざらとした感触が、手に取るようにわかる。

「ここが良いんだね……舜くん、おちんちんの先っぽ、弱いんだ」

「つかさの舐め方がうまいんだよ。すげぇ気持ち良い」

「本当？　褒められちゃった、嬉しいな。もっと……するね♪」

テンションが上がったようで、これまでよりもさらに激しく責めてくる。

舌先だけでなく、唇で亀頭を挟み込んで甘噛みも加えてきた。

「はぁ……む、ちゅ……んっ……おちんちん、また硬くなってきてる……舜くんのおちんちん、すごいね……がまんじるも……たくさん……」

「つかさのおっぱい、気持ち良いから出ちゃうんだよ」

「んふ……良かった……んぁっ！」

突然、つかさが大きく声をあげ、体をびくんと跳ねさせた。

「おっぱいでちんちん、しこしこしてたら……ちくび、舜くんの肌で擦れちゃって……」

たしかにさっき、足の付け根辺りでこりっとした感覚があった。

あのくらいの刺激でも、感じちゃうものなのか。

「私もちくび、気持ち良くなっちゃった……」

えへへ、と笑うつかさ。どうせならつかさにも気持ち良くなって欲しいけど……それはこのあとにとっておくか。

舌先から徐々に舌の腹までを使い、亀頭をぐるりと舐め回す。

そして時々取り入れる、亀頭への甘噛み。

責め方の変化に、射精感が一気に高まってきた。

「くっ……あっ……」

「んちゅ……んっ、我慢しないで、出して、良いよ……んぅっ、んっ……れろ、れろぉ……んっ、ちゅぷっ……」

「やば……もう、イキそう……」

「はぁ、む……ちゅぷっ……んっ、れろ、れろ、んんぅぅ……だして……舜くん……おっぱいにたくさん、出して……」

「っ――！」

「んぷぁっ!? ひゃうっ……!? んっ……はぷ、んっ……！」

耐えきれずに射精してしまう。

つかさの顔めがけて飛び出していった精液が、胸元にも溜まりをつくった。

「はあ……はあ……ごめん……」

「ん……大丈夫。こんなに……っ、たくさん……ちゅる……っ」

「ぅあ……」

射精を終えたペニスから、精液を啜るように吸い上げるつかさ。そのまま口に含んだ精液を、喉を鳴らして飲み込んでいく。

「んじゅる……っ……おいしい♪ すごく濃くて、喉につっかえそうになっちゃった……」

精液が付着して、それを飲み込んで……。

こんなことをされて興奮しないわけがなかった。

「つかさ……っ！」

「えっ、あっ……舜くんっ……!?」

射精しても変わらず天を向いているペニス。

もう我慢できない。このままつかさの膣内に入れたい。考えるよりも先に、体が動いてしまっていた。

岩場に手をつくつかさの水着をずらし、露わになった割れ目にペニスを突き出した。

「んっ、はぁああぁぁぁぁ………！」

精液でぬるぬるになっていたペニスは、なんの障害もなく、すんなりと奥まで到達した。

膣内もすでに愛液でじゅるじゅるに濡れている。

ペニスの根元と割れ目が密着したとき、膣内から愛液が溢れて飛び散った。

「はぁっ……っ、んっ、すぐ、奥まで、入ってきたぁ……んんぁっ、はあぁあぁぁ……」

「もう我慢、できなくて……」

「はぁ……奥に、おちんちんくっついちゃってるよ……んっ、はぁ……」

ペニスの先が、つかさの子宮口に触れるのがわかる。

ぶちゅ……と吸い付いて、まるでキスしてるみたいだ。

「つかさ……動くよ」

と言ったが、つかさの答えを待たずに腰を振る。

入れただけで我慢できるほど、今は冷静じゃなかった。

「んっ！　はぁっ……あっ、んっ……やっ……んんぁっ……はあっ……こんな格好、はずかし、いっ……んぁっ、あぁぅっ……！」

「大丈夫だって」

そのために、ひとけのない場所まで来たんだ。

思う存分、ふたりだけの世界でセックスを楽しみたい。

「はあ、んっ、あぁぅっ……んっ、おまんこ、じゅぷじゅぷって、音しちゃって……ぁっ、んふぁぁあぁっ……！」

ずちゅずちゅと卑猥な音が、結合部から絶えず聞こえてくる。擦れて泡状になった液体が砂浜に滴り落ちる。

「はあんっ！　おまんこのおく……んっ、子宮の、いりぐち……おちんちん、当たってる……んっ、あああっ！」

肉壷の熱が、ペニス全体を取り囲む。

粘り気のある愛液が、ペニスをねっとりコーティングして、快楽を助長させる。

突けば突くほど気持ちよさが青天井で増幅していく……やめられない。

「んぁっ！　あっ、んんっ！　やっ、ちょ、ちょっと、んっ、待ってっ！　んんぁっ、なんか、きちゃ、あぁあぁっ！」

「つかさ……？」

「んんんっ！　はっ、あああっ……！」

つかさの体が小刻みに痙攣《けいれん》する。これもしかして……。

「んっ、はぁ……はぁ、すこし、イッちゃった、かも……っ」

つかさがイッたかどうかは、膣内の締まり具合でわかる。

体と同じように、膣内が一定のリズムで収縮を繰り返して、ペニスを締め上げていた。

「っ……」

これ、やばいかも。俺にとってこれは、ただただ射精をあおる材料にしかならない……。

心の奥底にある感情が、さらなる快感を求めてる。

「イッてるところ悪いけど……このまま続けるから……っ！」

まだ余韻に浸ってるつかさを無視して、抽送を再開する。

これまでよりも激しく、本能的に悦楽を求めていく。

「んぁああっ！　やっ、今っ、うごくのっ……んぁあああっ！　おまんこ、ぶるぶるってふるえてっ、んんぁああっ、んぁっ、あんっ、ひあっ！」

止められない……自制がきかなくなりそうだ。

やっぱり外でしてるっていうのも、少し影響してるんだろう。

青空の下で素肌をさらけ出して交わってる、っていう事実が、めちゃくちゃ興奮する。

「まっ、てっ……ぁっ、んっ、舜くんっ……！　んああっ！　これ、だめ、なのぉっ……んんぁっ！」

あまりに悲痛な声に俺も腰を止める。

つかさの体も膣内も、同じような震え方をしていた。

「ごめん、やり過ぎた。大丈夫か？」

つながった状態で、つかさが回復するのを待つ。この間も、俺のペニスは変わらず硬さを保ったまま。

　つかさの呼吸に合わせて、膣内がうねうねとうごめいてくる。

「う、うん……もう、大丈夫だから……はぁ、はぁ………良いよ、動いても」

「本当に大丈夫か？」

　まだ少し、痙攣が続いてるようにも見える。

「うん……また、舜くんのおちんちん、おまんこに擦って欲しくなっちゃったから……」

　つかさのお尻がいやらしく動く。

　これは……もうやってしまっても、良いよな……。

「じゃあ……いくよ」

「うん……きて」

　再び腰を激しく動かす。僅かな時間でも、待ってたぶん、欲求が高まってしまっていた。

「んっ、はあっ……！　んんんっ、きてるよ、舜くんのおちんちん……っ、おく、までっ
……あっ、んんっ……！　はぁ……んはぁっ！」

　つかさの反応も大丈夫そうだ。

　少しずつピストンを強くしていく。

　膣内をペニスでえぐるように、掘るようにして、前後に突き動かす。

「じゅぼじゅぼって、おまんこぐちゅぐちゅで……えっちな音してる、んっ、えっちな音
……海で響いちゃってる……んんあっ！」

つかさの卑猥な言葉と、結合部から聞こえてくる華美な水音。

そして、ペニスを食い尽くそうとする肉壁の誘惑に、感情が抑えられなくなっていく。

「つかさっ……！」

無我夢中でつかさを求めていく。

これ以上ないほどに勃起したペニスで、膣内の肉をかき出すように擦る。

幾度となくおこる摩擦で、ペニスも肉壺も熱々になっていた。

「んっ……舜くんっ……！　はぁ、んっ……舜くんっ……！」

「つかさっ……つかさっ……‼」

互いに名前を呼び合う。

こうすると、不思議なくらい得られる快感が上がる。

つかさの膣内もさらにぎゅっと締まって、ペニスの往復に障害をもたらしてきた。

「んぁっ！　はあんっ！　はげし、いよぉっ……！　んぁっ……あっ、んっ……舜くんっ、んんぁっ！　あっ、んんっ……！」

外で、もしかしたら誰かに見られてしまうかもしれない状況。

でもそれが、余計にスリルを感じてしまって、快感の度合いが高まってしまう。

「おまんこ……んっ、おまんこ、えっちなお汁、いっぱい出ちゃ、うっ……んんぅっ、は、はぁっ、んっああっ！」

つかさも同じようで、どんどん愛液が分泌されていく。

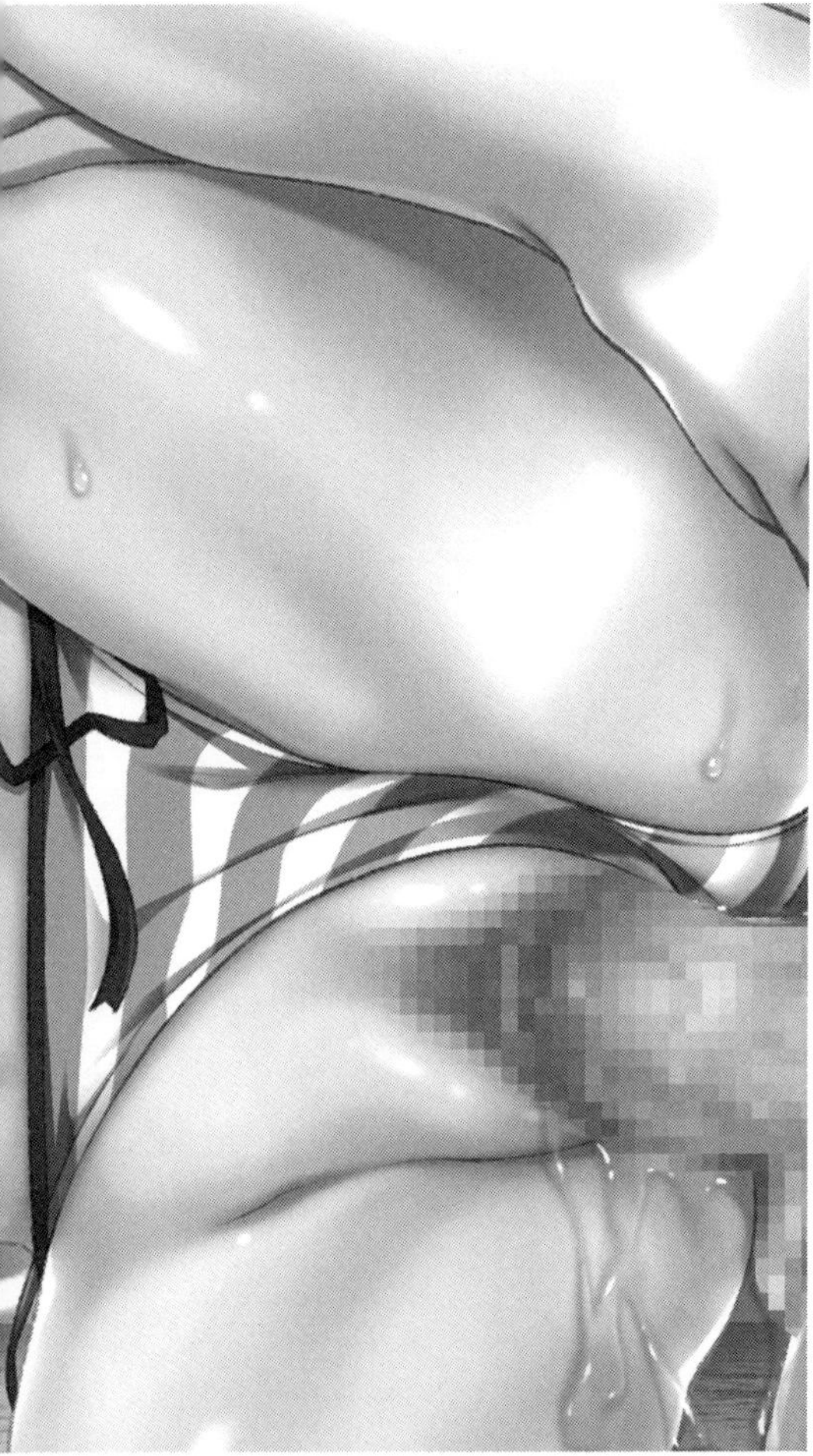

壺の中に収まりきらないほどあふれ出て、俺の太ももに飛び散ったり、つかさの足下に垂れ落ちていく。

「んっ、おちんちん、こりこりって、ひっかかるの……んっ、きもち良くて……っ、んん

っ、あっ、んぁっ……はぁぅっ、んんっ！」

つかさの足の震えが大きくなっていく。ガクガクと膝が笑っていて、支えていないと崩れ落ちてしまいそうだ。

いや、つかさだけじゃない。

俺自身ももう……こみ上げてくる射精感に、押しつぶされそうだった。

「舜くんっ……私、もうっ、んんっ……だめ、なの……んっ、ちから、はいらなくて……っ、ぁっ、ひあぅっ！　んんぅっ、んふぁっ、あぁぁっ！」

「俺もやばいかも……また、出そうだ……」

「うん、んっ……良いよっ、せいえき……私のおまんこに、いっぱい……そそいで、良いからぁっ……んぁぁっ、あっ、あっ、あんっ！」

膣内でぐぐぐ、とペニスが震えていく。陰嚢で生成された精液だまりが、一気にペニスの先端へ向かって駆け上がっていく。

「はんっ、んんっ、おまんこ、せいえきほしがって、るのぉ……っ、んんんぅっ、はっ、ぁ……なかに、いっぱいだして……っ、おまんこ、精液で、いっぱいに……っ！」

「いく……っ……」

「んっ、あっ、んっ、私もっ、イクっ……イッちゃう、はぁ、あっ、あんっ、んふああっ！　んんんんんぁっ！」

最後のひと突きをした瞬間、つかさの膣内が一気に締まる。

射精を促すように窄んだあと、ペニスから白濁液が解き放たれた。

「んん〜〜〜〜〜〜〜!!　はっ、んふぁあああぁぁぁあっっっ!!」

絶頂とともに甘美な叫び声をあげるつかさ。

膣内が勢い良く収縮を繰り返し、精液を絞り取ってくる。

つかさの体も何度も小刻みに震えて、絶頂に浸っていた。

「んぁ……っ、はあ……おまんこに精液、たくさん……はいってきて……んんっ……はぁ……」

初めてしたときも大量の精液が出たけど……。

「ん……おまんこのなか、舜くんのでいっぱいだよ……もう、入りきらない……ぁっ、ん……」

前以上に出た気がする。

こんなに出るのか……我ながらびっくりする。

「ん……はぁ……舜くんの精液、こぼれちゃう……っ……はぁ、はあ……はあ……」

結合部からは白い液体がごぽり……と溢れてきていた。

割れ目から出る精液も、視覚的なエロさがある。

「おっきい声、出しちゃった……誰にも聞かれてないと、良いけど……はあ……はあ……」

言われて周囲を確認。大丈夫だ、人はいない。

完全にふたりだけの世界だった。

「外でするの……全然違うね……はあ……はぁ……」

お互い、全力で楽しんでしまった。

海で泳いだのもあって、だいぶ疲れたな……。

「もうちょっとだけ、このままでいても良い……？」

「ああ……俺もそうしたい」

「ふふ……良かった……」

くたくたになったつかさを、後ろから抱きしめる。

ふたりしかいない浜辺で、しばらくの間ひとつになっていた。


「今度はどこに行こうか」

海からの帰り道。今日、思う存分遊んだのに、もうそんな会話。

「気が早いな」

「だって舜くんと遊ぶの楽しいんだもん」

「照れる。でも俺も同じだ」

正直、毎日いつでも遊んでられる。

それくらい、つかさといる時間が充実してる。

「つかさ、どこか行きたいとかあるか？」

海には俺から誘ったし、もしつかさが行きたいところがあるなら優先したい。

「うーん、そうだなぁ………あ、ちょっとお買い物、行きたいんだ」

「良いけど、それで良いのか？　例えば、遊園地とかでも良いんだぞ？」

「良いの。遊園地ももちろん良いけどね。それはまた今度行こう？」

つかさが乗り気なら、ということで、次の休みには買い物に出かけることになった。

つかさが欲しいものか……。

「………エロ本じゃないよな？」

「ちっ、違うよっ！　服が欲しいなって」

「あ、服か」

まっとうな理由だった。それなら納得。女子だし、ファッションには男の俺よりも気を遣うものがあるんだろう。

「じゃあ、それで決まりだな」

「うん。楽しみにしてるね」

◆　◆　◆

で、数日後の休日。

俺とつかさはふたりで買い物に繰り出していた。

集合したのが昼前だったので、ファミレスで食事をしてから、服を見に行くことになった。

「買いたい服、あったのか？」

「うん。まだちょっと迷ってるんだけど」

「へー。どんなの？」

「えっとねー………内緒♪」

「なんだよ、もったいぶって」

ニコニコしながら言うつかさ。

派手な服でも買うつもりなんだろうか。隠すことでもないと思うんだけど。

と、そんなことを話ながらショッピングモール内に入っている服屋に到着。

「久しぶりに来た気がする」

服とかあんまり買いに来ないしな……。

服屋に入って、ふたりで見て回る。

「舜くんは見ないの？」

「え、どうするかな……」

「せっかくだし、舜くんのも見ようよ。私が舜くんに似合うの、選んであげる」

「お、それじゃ選んでもらおうかな」

「ふふ、任せて」


それからしばらくメンズの売り場を歩いて、俺に似合う服を選んでもらう。

何着か試着したあと、一番良さそうなものを買うことにした。

「今度のデートのときは、これ着てくるよ」

「ほんと？　ふふ、良かった。楽しみにしてるね」

やっぱり、選んでもらった服はデートで着てこそだよなぁ。

「じゃあ次は、つかさの服、見に行こうか」

「うん」

メンズの売り場から離れ、レディースの売り場へ。

服屋のメンズとレディースって、雰囲気変わるよなぁ……。なんていうか、匂いが違うっていうか……。

「…………」

つかさみたいなことを思ってしまった。やめやめ。

って、これいくらなんでも俺が一緒に歩いてるの、まずいんじゃないか……？

女性モノの売り場にいるのは……。

しかもいつの間にか下着売り場だし……！

「つかさ……俺ここにいるのはさ……」

「あっ……ここ下着売り場、だもんね……そうだよね……舜くん、こんなところにいたら、まずい……よね……？」

最近、デートしっぱなしだったから忘れがちだったけど、認可されてない人は異性と距離を取る必要がある。

いくら俺たちが認可されてるとはいえ、端から見たら……ヤバイやつに見られるかも……。

「ここで下着……舜くんに選んでもらったものに、試着室で着替えて……そのまま……声が出せない状況で……ぁぁ……」

「待て待て！　変な想像やめ！　そんなことしないから」

つかさが妄想世界に入ってしまっていたので必死で戻す。油断も隙もないな……ホントに……。

「あっ……私、また……ごめんね」

「い、良いんだけど……とりあえず、下着コーナーからは離れよう……」

「そうだね」

ふたりでそそくさと別の場所へ移動する。他の女性客の視線が怖いからな……居たたまれない。

「ていうかつかさ、買いたい服で迷ってるとか言ってなかったか？」

「うん。そうなんだけどね……」

「さっき俺の選んでもらったし、今度は俺が――」

「あっ、えっと……楽しみにしてて欲しいから、お家に帰ってから見せるね」

「え」

そんなに秘密にしたい服ってなんだ……？

「だから、服買ったら、私の家行こ？」

「それは良いけど………ファッションショーでもする気か？」

「そ、そんな大げさなことじゃないけど……」

どこか照れてる様子のつかさ。

ますますわからなくなってきた。

「でも舜くん、喜んでくれると思うの」

「マジ？」

そう言われると、ちょっと期待してしまう。

どんな服なんだろ。つかさに似合う、涼しげな服か？　それともガラっと印象変えて、露出度の高い服とか？

なんにせよ、楽しみになってきた。

「そういうことなら楽しみにしてるよ」

「うん♪　買ってくるから、ちょっと待っててね」

「おっけ」

売り場の奥へとつかさが向かっていく。

その様子を、俺は胸を膨らませて見送った。

買い物が終わったあと、つかさの家に向かった。

部屋に入って、買い物袋を下ろす。俺はそんなに多く買わなかったけど、つかさは……どうなんだろう。

内緒って言ってた服がなんなのか、気になる……。

「ふふ……目、つむってて」

ベッドに腰掛け、目を閉じる。

衣擦れの音が聞こえてきた。すぐ近くでつかさが着替えてるのがわかる。

なんかちょっとドキドキするな……女子の着替えって、見てなくても不思議なエロさがあるっていうか……。

そんな思いや、どんな服かの期待もあって、下腹部が少し膨れ上がってしまう。

つかさにバレないようにしないと……。

「あ……舜くん。おちんちん、おっきくなってる……」

「えっ、あっ……ごめんっ」

すぐバレた。

そしていつの間にか、衣擦れの音はしなくなっていた。もう着替えは終わったみたいだ。

「……でも、ちょうど良いよね」

「は？　何が――」

つかさがこっちに向かって歩いてくる音がする。

もう、目は開けて良いのか……？

「ふわ……もうこんなに……」

直後、俺のズボンがずり下ろされた。

「おい何して――って、何その格好！」

ベッドに腰掛ける俺を見上げるような格好で、床に膝をついて座るつかさ。

ペニス越しにつかさの顔が見える。

そしてその服装は………。

「か、看護師さんの服だよ？　ナース服っていうのかな」

「なんでまた……」

って、これがさっき買った服か……！　内緒って……たしかにすごいサプライズだけど。

よく売ってたな。もっとマニアックな店にしかないものだと思ってた。

「男の子って……お医者さんごっこが好きなんだよね？」

「………あぁ、間違ってない」

一瞬迷ったけど、たしかに大人のお医者さんごっこは、一度は夢見る……ものだと思う。

「良かったぁ。それじゃ早速するね」

「するって……何をどうやって……」

「検温だよ。舜くんの体温が平熱かどうか診てみないとね」

そう言ってつかさは、ゆっくり口を開く。

そのまま俺の勃起しきったペニスを、咥え込んだ。

「っ……！　くぁ……っ」

ざらざらとした感触がペニスの裏筋に当たり、次いで生暖かく柔らかい肉が、竿全体に張り付く。

「んん……っ、ちゅぽっ……ん、すっごく熱いね……これはちゃんと治療しないと……」

看護婦さんになりきってるのか、出てくるフレーズが医療系。

「はぁぁ……っ、おちんちん、まだまだおっきくなる……はれつしちゃいそうだよ……」

今日のつかさは、妙にエロい。服装のせいか、それともこのお医者さんごっこのせいなのか……どっちもか。

淫らに責められるペニスも、いつも以上に感じてしまう。

全身がゾクゾクってする……。

「ちゅぷっ、んっ……んっ……んぁあ……あちゅいよ、おちんちん……しゅごく……んっ、ふぁ……」

「ぁっ…ちょ……咥えたまま、しゃべると……っ」

刺激が不規則になって、やばい……。咥えながらだと、中がもごもごとして、それが刺激に繋がる。

「ちゅっ、んん……んっ、硬くて熱くて、どんどんおっきくなるね……おちんちん……ちゃんと治る、かな……んっ、ちゅぷっ……」

役に入り込んでるつかさ。熱心に診療という名の口淫を続ける。

とろとろの唾液が、少しずつ口元から漏れてるのが見えた。

「はぁ、む……ちゅっ、んんっ……んぁ、おちんちん、のどの奥に当たってるの、わかる

……？　私ののど、舜くんのおちんちんで……んぐぅっ……」

つかさの喉奥を、ペニスが突く。

熱くて柔らかい、肉の感触。

粘膜がペニスの先端に触れて、イソギンチャクのように吸い付いてくる。

「わかるよ……すごく、あったかくて……柔らかいのが、当たってる……」

つかさが顔を前後に動かし、唇とペニスの根元がキスをするたびに、亀頭が喉奥で潰れる。

ぶにゅ……と最奥で熱さを感じると、つかさを犯しているような気がして……そそられてしまう。

「はむ、あむ……ちゅぷっ、んっ、んぅ……ちゅっ、ちゅぶっ……んんっ、んっ、んっ、んっ、んっ」

激し目に顔を動かすつかさ。

じゅぽじゅぽと卑猥で淫らな音が、俺の股下から響く。

「ぢゅるっ……！　んっ……おちんちんから、えっちなお汁、出てきてる……ぢゅ、るぅっ……ぢゅるるぅっ……！」

「うぁっ……いきなり吸うのは……っ」

宣告なしの吸引。

つかさの口が窄んで、ペニスをストローのようにして吸い付く。

ペニスの内側から何か引っ張り出されるような感覚があって、我慢汁が引き出されていく。

「ぢゅるっ……んっ、ぬるぬる、出てきてるよ……ぢゅるっ、ぢゅるるるぅ……！　んんっ……口の中、舜くんのでいっぱいに……っ……」

口の中でペニスが振るわされる。振動で痺れそうだ……。

「はぁ……っ、くっ……それ、吸いながら、動かすの……っ、やば……っ」

「ぢゅるっ、んっ……！　これ、気持ち良いんだね……ぢゅるるるぅっ！　んんっ、んっ、ぢゅるっ、んっ！　んっ……んっ……」

顔を前後に振りながらの吸引。にゅるにゅると口内の肉をペニスが滑る。

目の前で、夢中でペニスにしゃぶりつくようにしているつかさを見ていると……気持ちが昂ぶってくる。

ペニスに熱が溜まっていくのが、良くわかった。

「んっ……んっ、んっ、ぢゅるっ……！　んっ……こんなに、えっちなおちんちん……はやく、出さないと……たいへんに……っ……」

勢い良くペニスを舌でいじり倒すつかさ。

徐々に責めが強くなってきて、そろそろもう……絶えられなくなりそうだ。

「んっ……れろれろ、んんぅぅ、ちゅっ……れろぉ、れろっ……んっ、ぢゅるるぅっ……！

んっ、んっ、ぢゅぷっ、ぢゅぶぶぶっ……！」

つかさの舌が、ペニスをぐるりと舐め回す。

亀頭を舌の腹で滑らせ、さらに舌先で尿道口を優しくつつく。

「はっ、ぁぁ……っ……そこ、っ……つかさっ……！」

「ぢゅぶっ、んっ……舜くん、おちんちんすっごく熱くなってきてるよ……、んっ、はや
く……出さないと……んちゅっ、からだに、わるいから」

つかさが、射精を急かすようにペニスに吸い付く。

口の中に溜まった温かい唾液で、下半身が蕩けそうになっていた。

やばい……もう、無理かも……。

「がまん、だめだからね……んっ、ぢゅっ、ぢゅるっ！　ぢゅるっ、熱くて白いの……い
っぱい、お口の中に、だして……っ、ぢゅるっ、ぢゅぅぅうっ」

「根元からそんなに……したら……くっ……」

ぐっと喉奥までペニスを咥え込むつかさ。

やっていることとナース服とのミスマッチ感が、余計にいやらしく見える。

こんなに口の周りを艶やかにするナースなんて、いないだろう。

「おちんちん、いちばん硬くなってる……んっ、はぁ、ぢゅるっ、んっ……お口の中で、あばれてる……んっ、ぢゅっ、ぷぅっ……」

口内と舌と唇を使って、確実にペニスを追い詰めていくつかさの濃厚なフェラ。

舌がペニスに巻き付くように動いて、唾液がねっとりと染み込んでいく。

竿部分を唇が滑っていく感触も、たまらない……。

「んっ、もう、出ちゃいそう？　んっ、ぢゅるっ、ぢゅるるぅぅっ！　私のお口おまんこ……おちんちんの熱でぐちゅぐちゅに、なっちゃってるから……っ、んっ……」

時折、ペニスを舌で弾くようにして動き、射精感をかき立ててくる。

丁寧かつ大胆な攻め方に、そろそろ出そうだなと感じていたそのとき――。

「んっ、ぢゅるるっ！　ちゅぷっ、ぢゅっ、るぅぅぅっ！　ぐりゅっ、ごりゅっ、んんっ、んんぐぅっ！」

激しくし過ぎたせいか、一瞬つかさの歯が亀頭をかすめた。

それが今日一番の刺激剤となった。

「あっ、やば――っ！」

その瞬間、熱いものがペニスを通って外へ向かっていった。

狭い通り道を、ずりゅりゅと駆け上がっていって、生温かいドームへ放たれる。

「んぷっ⁉　んんんっ‼　んんーーーーっっ‼」

どぴゅどぴゅととめどなく放出される濃厚な精子群が、つかさを白く染め上げていった。

「んんぅぅぅぅっ……！　んぅっ、んぐっ……！」

「はぁ……はぁ……あっ、くっ……」

つかさの表情が、射精の勢いを物語っている。

ペニスが何度も脈打って、つかさの口内で暴れまわっている。

「もう、終わるから……」

どれだけ出したのか。震え続けていたペニスがようやく沈静化する。

ペニスを咥えたままの口内には、隙間なく精液が溜まっていた。

「んっ……んくっ……んくっ……んくっ……んくっ……」

「つかさ……それ……」

喉が一定のリズムで鳴っている。それに合わせて、口内の液体も徐々に少なくなっていった。

「そんな……無理して飲まなくても……」

苦しそうに飲み込む姿に、そんな言葉を漏らす。

「んっ……んっ……んくっ……んっ……んぷぁっ！　はぁ……はぁ……はぁ……」

それでも、飲み込んだあとの表情は、満足げなものだった。

「これで治療完了だね……舜くん……」

「つかさ……」

全てを飲み干し、うっとりとした表情で呟く。

こんなことまでしてくれるなんて………愛おしい……。

「おちんちん、大丈夫そうだね。良かった」

まるで本当に治療したかのような口ぶり。

でも今の俺には、そんなことはもうどうでも良くなっていた。

「次は……私の治療、お願いしても良いかな……？」

照れた様子で言うつかさ。

その言葉は、これからの行為を求めるもので……。

「俺も、つかさのこと看てあげたいって思ってたよ」

つかさをベッドに上げ、向かい合う。

スカートをめくり、下着を脱がした。

「すっかり濡れてるな。つかさのここ」

すでにぐちゃぐちゃになっている割れ目が顕になった。

「ここ……私のここに、舜くんのおちんちん、入れて……？　それで、おしまいだから」

膣口から滴る愛液が、ベッドを濡らす。

でも、そんなことはお構いなしに、つかさは俺のペニスを求めている。

「んっ……我慢、できないから……舜くんのおちんちん、おまんこに入れてほしくて……うずうず、してるの」

「わかってる。今から入れるよ」

俺だって、もう我慢できない。

早く入れて、つかさのことを感じたい。

「うん……きて」

射精したばかりにも関わらず、硬さと大きさを保ったままのペニスを膣口に当てる。

ぬちゃぬちゃと水音がして、感情をさらにかき立ててきた。

そのまま腰を進める。

ゆっくり入れたつもりだったが、根元まで入った瞬間、膣奥に溜まっていた愛液が周囲に飛び散った。

「あ……!!　ん……っ……あ～～～～……っ!!」

入れた瞬間、甲高い声が響く。

肉が小刻みに収縮を繰り返してきて、膣内に収まったペニスを圧迫する。

それにしても……やけにきつい……もしかして。

「ちょ、ちょっと……イッちゃた、かも……」

「すごい感度だな。めっちゃエロい」

「ん……だって、舜くんのおちんちんが、えっちだから……」

ビク、ビク、と膣内が収縮を繰り返す。

早く動きたい。動いて気持ち良くなりたい……。

「イッちゃったとこ悪いけど……動くから」

「うん……んぁっ！　はぁ、んっ……んぁっ……あんっ……んんっ、んぁっ……！　あんっ、んんっ……！」

膣内が濡れ過ぎてて、ピストンがあまりにも速くなってしまう。

でもそのぶん、気持ちよさは……段違いだ。

「舜くんのおちんちん、おくに当たってるよ……おまんこのなか、こすれて……っ、あつく、なってきちゃう…っ」

ぐちゅぐちゅ、じゅぶじゅぶ……——

やばい……音が、脳を揺さぶる。気持ち良過ぎて。

「つかさのおまんこ、熱くて狭くて……気持ちよ過ぎる……」

「舜くんのおちんちんも、おまんこ……えぐってて、やっ……あっ、あぁっぅっ！　んっ……あぁあぁ——っ！」

体の芯から熱が沸いてくる。目の前のこと以外、何も考えられない……。

「舜くんっ、んっ……キス、してっ……んんっ……んっ、せっくすしながら、きす、したいのっ……」

「ああ……っ、しよう」

「んっ……ちゅっ、んぅぅ……れろ、れろぉ……ちゅぷっ、んちゅっ……んぅ、ちゅっ……」

「はぁ、ちゅっ、んぅ……ちゅぅ、れろ、ちゅっ……ぷぁ」

求められてキスをする。舌を何度も絡ませて、唾液を求め合う。

あまりにも気持ちが良い……キスって、こんなに気持ち良かったっけ……。

頭がぼーっとするくらい……全身が熱くなってくる。

「気持ち良い……せっくすしながらだと、こんなに、きもち良いんだね……」

「俺も……びっくりした」

ただひたすらにお互いを求めて、舌を絡め、唾液を交換し合い、熱を感じ合う。

「もう一回……したい……」

つかさから求められ、再度口づけをする。

「ああ。何度でもするよ」

「うれしい……ん、ちゅ……ちゅぅ、ちゅぶ、ちゅっ……んん、れろ、ぉ、ちゅぅ……

れおれろぉ……んぅ」

　さっきよりも激しく、情熱的に求める。

　口元から唾液が垂れるのなんて気にならない。

　ただひたすら、快楽だけを求めて、お互いを貪る。

「んちゅ、っ……んっ、ちゅぷっ……んちゅっ、んぅ、んんんんっ！　んっ、んっ、んふっ……ふー……んっ、ふー……」

　キスの最中でも、膣内をペニスでかき乱していく。

　奥をつくとつかさの鼻から呼吸が漏れてくる。

　心なしか、キスにも力がこもってくるようで、それが嬉しい。

「ちゅっ、ちゅぶ……んんっ、んっ……ちゅぅ、れろ、れろれろぉ……んちゅっ、ちゅぶぶぅっ……！」

　長い口づけ。

　何度も、お互いの愛を確かめ合うようにして、キスをする。

　相手の口を覆うように、飲み込むようにキスを繰り返す。

「ぷぁっ……はぁ、はぁ、はぁ……んっ、ぁっ……すごく、ながくしちゃった……こんなにキスしてたの、初めてかも」

「かもな。気持ち良かったよ」

「私も……んんぁっ！　あっ、いきなり、んっ、おっぱい、乳首も……ぁっ、あんっ……！」

キスの余韻が残ったまま、つかさの乳首を指でいじる。ピンと立ってコリコリとした感触があった。

つまんだり、優しく弾いたりして、また別の刺激を与えていく。

「んっ……ひぅっ！　んっ、やっ……おまんこと、ちくび、同時に……んぁっ、あんっ！　んんぅぅうっ……！」

「でも……っ、乳首いじると、おまんこの締付け、一気に……」

「それは、っ、舜くんのゆびが、えっちだからぁっ…あぁっ、んんくっ！　はっあっ、んんぁっ……！　はぁ……んぁっ……あんっ、あっ……あぁあっ……！」

乳首を攻めると、膣内がきゅうぅぅぅぅぅ……と狭くなる。

そのおかげで、ペニスを擦るときにかかる膣圧が強くなり、より大きな快感が得られた。

つかさのおっぱいも柔らかくて……触っていてくせになる。

「おっぱい……すごく気持ち良い。ふにゅふにゅで、おいしそう」

「た、たべちゃ、だめだよ……んっ、はぁっ……んぅっ、んふぁあ！　あっ、あんっ……んぁぁあっ、はんっ……！　んんぅぅっ！」

「うわ……おまんこからエッチ汁、また……すごいな。ベッドシーツ、変えないとな」

「しゅ、舜くんが……んっ、おまんこと、おっぱい……っ、どっちも、されたらっ……おまんこ、じんじんって、して……っ、きもち良くてっ、えっちなお汁、どんどん出てきちゃうのぉっ！」

そうやって言っている間も、絶え間なく溢れ出る愛液。

ぶつけた腰を引くと、ふたりの股をつなぐように、愛液の糸ができる。

ぬちゃ……とまるでローションを使っているみたいに、良く伸びる。

音がとにかく……エロい……。

「ベッドの上、水たまりになってるよ……ほら、動くとぐちゃぐちゃっていってる」

「あっ、んっ、言っちゃ、だめなのっ、んっ……はずかし、いからぁっ……んんぁあっ、あっ、あんっ、んっ、んんぅひぁあっ！」

ふたりとも、絶頂へのカウントダウンが始まっていた。

繋がってると、つかさのことも良くわかる。

膣内がぶるぶると震えて、その振動がペニスにも伝わってくる。

「あっ、んっ……んふぁっ……！　もっ、もうっ……んっ、だめっ、ぁあぁっ……んくっ、はっ、あぁっ……はぁっ、んふぁあぁ！」

蕩けそうなつかさの表情。

口元から唾液が垂れていて……愛おしい……。

「もう、イッちゃうっ……んっ、舜くんっ！　私っ、またっ、イッちゃうぅっ……！」

脳から足先まで、痙攣にも似た、ビリビリとした感覚が駆け巡っていく。

俺もつかさ同様、射精のときが寸前にまで迫っていた。

「つかさ、俺ももう……」

「き、キス、しながら……いっしょに……んっ、いこっ……んぁあっ、ひあっ、はっ、あんっ、んっ、んっ！」

「ああ……」

再び深い口付けをする。

ただひたすら、快楽だけを求めて舌を絡め、肉棒を蜜壺に突き刺していく。

「んちゅっ、んふー……っ、れろれろっ、んっ、ちゅぶっ……んっ、ふっ、ふっ……んちゅっ、ちゅぶっ……れお、れろれろぉぉ……ちゅっ」

荒い呼吸が、激しさと快感レベルを物語っていた。

これ以上ないくらい、お互いの欲望をぶつけ合う。

「んふーっ、ちゅぶうっ……！　れろれろれろっ、ちゅっ、ぢゅるっ、ぢゅぶっ……！ん

っ、んんんっ、んっ……！　んっ、んふっ、ふーっ！」

キスが、お互いを絶頂へと誘う。

自然とピストンが速くなっていき、ばちばちと水が弾けていく。

ペニスと膣内の熱が最高潮に達し、あとはもう、すぐそこに迫っている絶頂を待つだけだった。

「んちゅっ、んー――――っ！　んちゅっ、ぢゅるっ、れろれろっ、んんっ、んふっ……ふ

ー――っ、んんん―――っ‼」

びゅびゅびゅぶびゅっ――

「んんんんー―――――っ！！　んちゅっ、んんぅっ、んふーっ…んんんふーっ…！」

上の口と下の口でつながったまま、絶頂を迎えた。

上では唾液の交換が続き、下では精液がつかさの膣内に注がれていく。

さっきよりも、量も濃度も格段に増していた。

「んんー……っ、ふーっ……ん、ふーっ……んふっ……んっ、んっ……」

体が震えているのが結合部から感じ取れて、長い長い絶頂の余韻に浸る。

「んぷぁ……はぁ……はぁ……はぁ……っ、はぁ……」

長い口づけを終える。

口と口を離すと、細い唾液の糸が引いていた。

「キスしながら……イッちゃった、ね……」

「ああ……初めて、だな」

「うん……すっごく、気持ち良くて……もう……力、入らないよ……」

「俺もだよ。やばい……もう……」

ふたりとも、疲労困憊だった。

でもそれだけお互いを求め合ったということでもあって……。

「これで……お注射も、おしまいだね……ふふ」

「あぁ……そんな話だったっけ…」

すっかり忘れてた。

でも……お医者さんごっこ、やっぱり悪くないな。

「……こんなサプライズがあるなんて思わなかったよ」

「どう、だったかな？」

「そんなの……答えるまでもないって」

そう告げて、キスをする。

「ん…………ふふ、喜んでくれて良かった」

最後にまたキスをして、優しく抱きしめ合った。

四章 ふたりの距離

俺とつかさが何度もデートを重ねていた頃。学校ではとある噂が広がってしまっていたようで……。

「あ、センパイ」

「うぉっ！　アリカお前……学校にいたのか」

とある日の投稿日。教室へ向かう途中でアリカに出くわした。

なんか久々な気がする。

「いますよ！　最近会ってなかったからって辛口ですね」

「今度はなんだ？」

「やだなー。まだ自粛期間なんで、派手なことできませんよ」

とか言いながらやりそうなのがアリカなんだが……。

「なんか、センパイとつかさセンパイ、噂になってますよ。付き合ってるんじゃないかって」

「え、マジ？」

放課後の部室。

たしかに授業中や休憩時間中、なんとなく他の学生からの視線を浴びたような気がした。

「アリカの言ってたこと、本当っぽいな……」

だとしたらこのこと、つかさはわかってるんだろうか……。

「つかさ、ちょっと話があるんだけどさ」

「ぅっ、うわぁぁぁぁぁぁぁあ………ひっ、ぐすっ……私たち、別れないといけないのかなぁぁぁぁぁぁ……」

「うわっ！　びっくりした」

めちゃくちゃ泣いてた。ってことは知ってるのか。

「やだよぉ……っ、ぐすっ……舜くんと、別れたくないよぉぉぉ……っ……」

「ちょ、落ち着け。どうした」

誰かから直接言われたのか？　いやでも、今日一日、教室にいてそんな感じはしなかった。

「ぅっ……っ、これ……」

つかさから渡された数枚の紙。意見書だった。

そこには、職権乱用だとか、俺たちも認可しろ、とか、単純に俺への攻撃も混じってた。

過激派がいるらしい……アリカとはまた違う派閥みたいな感じだ。

にしても結構、量が多い。

「全部読んだのか？」

「ううん……まだちょっとだけ……」

まぁ、だいたい似たような内容のものだろうな……。

それにしても……どうしたものか……。

一応、先生から認可されているわけだけど…………おそらく、そういうことじゃないんだろうな。

「私たちも、みんなにちゃんと説明したら、認めてもらえるかな……？」

「それは…………どうだろ」

かえって火に油を注ぐ結果になるかも……？　かといって何もしないってのも、良い結果を呼ぶとも思えないし。

「何かしら行動するしかない、か」

「でももし説明しても、みんなに認めてもらえなかったら……」

かなり不安になってるな……。無理もないけど。

「そうしたら、今度こそ本当に……舜くんと別れないといけないの……？」

目が潤み始めるつかさ。

今は安心させないとな。

「大丈夫！　心はいつもすぐそばにあるから！」

言って思ったけど、めっちゃ恥ずかしい。ポエムみたいなこと言った。

「ぅっ……あ、ありがとぉ……っ……ぅぅ……」

結局泣くんかい。

「ほらつかさ。泣いてても解決しないしさ」

「うん……だけど……」

「どうするか、考えないとな」

「そうだね……でも、学校でふたりでいるわけにはいかないし」

外でもダメだろう。俺たちの関係が知られたのも、学校内じゃないんだろうし。

となると……。

「少しの間、家以外で会うの、やめるとか？」

「えっ……もう舜くんと海行ったり映画館行ったり、できないの……？」

「少しの間だけ、な。ちょっとだけ我慢」

「できるかな……」

俺もできるかどうか、多少の不安はあるけど……。

「とりあえず……まず一週間くらい――」

「一週間!?　絶対無理だよぉそんなの……私、会いたくなって……っ……ぅっ……気持ち、抑えられないよぉ……」

再び号泣のつかさ。涙が溢れて意見書が濡れてる。

「俺も会いたいけど、でも……ちょっとだけだから。な？」

「うぅ……じゃあ、会いたくなったらどうしたら良いの……？」

「リモート通話だな」

「うわぁぁぁぁぁぁぁぁぁんっ……余計に会いたくなっちゃうよぉぉぉ……っ……」

自分で言ってて、俺もそうなりそうだった。さすがにそれは考え直すか。

「とにかくやるだけやってみよう」

「……うん」

泣き続けるつかさをなんとか納得させる。

俺もイヤだけど、みんなの気持ちを逆なでするよりは……。

一旦これで沈静化すると良いんだけど。

◆　◆　◆

その翌日から、極力つかさと近づかないようにしたわけだけど……。

正直、しんどかった。

席が隣同士なのに変に気を遣うし、数日経つと、顔を見るだけで心の底から何かこみ上げてくるような感覚に襲われる。ドクンドクンと胸が高鳴るような感じ。

廊下ですれ違うときも、ふわっと香る匂いとか、スカートの揺れとか、胸の膨らみとか
……そういうの全てが、いつもより過敏に感じられた。

そんな感情が溜まりに溜まったある休日の夜。

「うぅぅぅぅぅぅ……もう我慢できないよぉ……」

家で悶々としていたら、つかさから電話がかかってきた。

少し息切れしてるように聞こえるけど……妄想してた、とか……？

「わかる」

言い出した俺が言うのもなんだけど、完全につかさと同意見。

「早く前みたいに、舜くんと遊びに行きたい……」

「海でも映画でも水族館でも、どこでも行こう」

「遊びに行かなくても……舜くんの隣にいたい。舜くんのこと、感じたい……」

「わかるよ。俺もつかさを感じたいよ」

「うん……だからね」

そう言うとつかさはなんだか改まった様子。

なんだ？

「来ちゃった」

「は？」

一瞬、何を言ってるのかわからなかったけど、立ち上がって窓の外を見る。

すると、通りからこちらを見上げて手を振ってるつかさの姿があった。

「マジ？」

「お邪魔します」

つかさを部屋に上げる。薄っすらと汗をかいていた。

「もしかして、走ってきた？」

「うん。早く舜くんに会いたかったから……」

だからさっき電話してたとき、息切れしてるような感じだったのか。

「はぁ……舜くんがこんなに近くにいる……」

つかさをベッドに座らせ、俺も隣に座る。

この距離感、久しぶりだ。

「考えるよりも、先に体が動いちゃった。お家出てから電話したから」

「マジか」

つかさらしくないな。

縛りがあると、その人らしからぬ行動をするようになるのか。

「てか汗。そのままにしとくと風邪ひくぞ」

「ふふ……じゃあ舜くんにお見舞いに来てほしいな」

「なったら行くよ。でもならないほうが良いだろ」

「ベッドに横になってるとこに、舜くんが来てくれて……一緒にベッドの中に入ってくれて、体温で暖めてくれて……」

「おい」

「風邪を治すには、人肌で暖めるのが一番……って……はぁ……はぁ……」

「走ってきたから息切れしてんだよな、それ」

この癖は変わってないらしい。

元気だってことはわかった。

「タオル持ってくるから、ちょっと待ってろ」

立ち上がろうとするが。

「待って……」

「ぬわっ」

ぐい、と腕を掴まれる。

そして立ち上がるつかさ。

「お風呂……良いかな……？」

「え、良いけど。まあタオルよりシャワー浴びたほうが良いか」


浴室に案内し、タオルを置いて部屋に戻ろうとしたが……。

「待って……！」

「ぬわっ！」

再びぐい、と腕を掴まれる。

「一緒にが……良いの……」

「……………」

「いや、今親いなくて良かったよ……」

結局、俺も一緒に風呂に入ることになった。

「いやいやなんで⁉ なんで俺つかさと一緒に風呂入ってんの⁉」

「一緒に入りたかったから」

「これ以上ない理由だけど、そうじゃない」

「舜くんのこと、一番感じられるから」

それは風呂じゃなくても……って思ったけど、裸同士だから、っていう、身体的な意味なんだろうな。

「あ、背中流してあげるね」

「良い、良いよ！ 自分でできるからさ」

「そんなこと言わないで。せっかくなんだし。こんなこと、恋人じゃないとできないから」

「そうだけど…………まぁ、そこまで言うなら、お願いしようかな」

どうせ断り続けたところで、こうなったつかさは折れない気がする。

「うん。任せて」

ということで、つかさに背中を流してもらう。ゴシゴシと丁度良い力加減。

うーん……気持ち良い。

「どうかな？」

「丁度良い。てか上手いな、気持ち良い」

「良かった。続けるね」

首回りから背中、腰の辺りまで、満遍なくゴシゴシ。

マッサージされるような感覚もあって、本当に気持ち良いな。

「あ、そうだ……」

「ん？　どうした？」

つかさが何か言ったかと思うと、背中に柔らかい感触。むにゅっとした何かが背中を滑っている。

少し突起のようなものもあるみたいだ。

って――

「おい！　それタオルじゃなくておっぱいだろ！」

「うん。気持ち良かった？」

「気持ち良かったけど！　けど！」

何か言ってからやって欲しい……！　びっくりするし、なんか……変にエロい。

「続けても良い？」

「……………………良い」

断る理由もなかった。

「それじゃ、続けるね」

こんな極楽があったとは……。

つかさが、一緒にお風呂入ろ、とか言ってくれなければ味わえなかった。

感謝しておく。心の中で。

「はい。流すね」

そしてお湯で泡を流す。名残惜しい。

「はい。背中はこれでおっけーだね」

「いやー、満足満足。ありがとな……って、背中『は』？」

「前はしないの？」

「こういうの、普通背中だけだぞ。前は自分でできるからな」

というかそんなのナチュラルに言うことじゃないだろ。

「ううん。そうじゃなくて」

つかさの視線が俺の下腹部に向いている。

「舜くんの、おっきくなってたから」

「…………」

体は正直なもので、つかさのおっぱいの感覚を快楽として認識。すっかり勃起してしまっていた。

「久しぶりだから？」

「かも」

「じゃあ……たくさん気持ち良くしてあげるね」

この申し出も……当然、断る理由はない。

でも……いつも俺が先にしてもらってばっかりだ。

たまには、つかさを先に気持ち良くさせたい。

「今日は……俺からつかさのこと、気持ち良くさせるよ」

「え……？」

立ち上がって、つかさの体を支える。

すると、つかさの股下から、つー……っと、愛液が滴るのが見えた。

「もう、濡れてるんだな」

俺はシャワーノズルを掴み、お湯を出す。

「舜くん？　何してるの……？」

「これ、使ってみよう」

「え……使うって……」

「こっちこっち」

つかさの背後に立って、片足をあげさせる。

そしてつかさの割れ目に向かってシャワーを当て……。

「んんあっ！　こ、これ……んっ……シャワー、おまんこに……っ……むずむずってする
……んっ……は、あぁぁ……はぁ……」

勢い良く、シャワーを噴出させる。

シャー……という音とともに、つかさの割れ目に向かってお湯が飛び出していく。

「どう？　気持ち良いか？」

「んっ……なんか、感じたことない……んっ、変な感じだけど……んっ、でも、はぁ……はぁ……じりじりって、してきて……んんっ……良い、かも……ぁっ……」

多少、感じているのか、時折体をよじらせていた。

下ばかり攻めるのももったいないので、上も攻める。

胸をぐっと鷲掴みして、ぐにゅぐにゅと揉みしだいてやる。

「んっ、あっ……おっぱいも、一緒に……んぁっ！　はぁ……んっ、はぁ……はぁ……んぁっ」

つかさのことを征服してるようで、身も心もゾクゾクしてくる。

完全に自由を奪ってるのが、なんだか興奮する。

「おっぱいと、おまんこ、同時にいじられ、ぁっ……んっ……んんっ……はあ……んっ、じんじん、してきちゃう……」

「じゃあ、続けるな」

つかさのお墨付きももらったところで、二点責めを継続していく。

シャワーは少し角度や向きを変えつつ、膣口やクリトリスなどを中心に、水を当てていく。

胸は揉むばかりでなく、乳首を指の腹で転がしたり、摘んだりして、飽きないように責め方を変化させる。

「はあ、んっ、あっ……んんっ…………おっぱい、ちくびそんなにっ……んっ、こりこり、しちゃ……あっ……」

「ここ、触ってるのも気持ち良いからさ」

乳首の感触って、心地良いんだよな。

適度な柔らかさと大きさと……なんか、癖になる。

「びりびりって、しちゃう、んっ……ちくび、こりってするの……んっ、きもちいの……んぁっ、あっ……はぁ……んっ」

「じゃあ……摘むのは？」

「んんっ！　つまむのも、はあ……はあ……んっ、だめ……あっ……やっ、んんっ……きもちよ過ぎて、んぁっ！」

「なら、おまんこは？　きもち良くない？」

つかさの意識が胸ばかりに集中する。

シャワーヘッドを少し離したり、急に近づけたりして、強弱の変化を図っていく。

「んんぁっ！　そ、れっ……んっ、おまんこ、じゅじゅじゅって、はあっ……クリトリス、んっ……当たってるのぉ……んっ」

「ちくび、ぴんって立ってる。勃起してるみたいだな」

胸をいじっていると、乳首が通常時よりも大きくなっている。

ちょっと硬くもなっていて、触り心地がさらに良い。

弾力がくせになって、いつまでもコリコリといじくり回してしまう。

「あっ、んっ、ちくび、おもちゃみたいに……んんっ、ぐりぐりって、あぅんっ……んっ、はあ……んはぁ……」

「いじってて楽しくなってきちゃったよ」

摘んだりコリコリしたりだけでなく、ちょっと引っかいてみたりもする。

それだけで、またつかさの反応が変わった。

「ゆびで、ひっかかれるの……んっ、はあ……ぴりってして、んっ……あっ、感じちゃう……んぁっ、あぁぁあっ」

自由が奪われた状態で、必死に体をよじらせるつかさ。

つかさのお尻で俺のペニスも……揉まれている感じになる。

「おっぱい、んっ、舜くんのゆびで、ぁあっ、おかしく、なっちゃう……んぁっ……はあ……はあ……っ」

「おかしくなって良いよ。もっとつかさが乱れるところ、見せて欲しい」

「はあ、はあ……っ、んっ……おまんこも、ずっと水、当たって……んんっ、はあ……しびれて、きちゃ、う……んっ……」

「ここ、感じる？　もっとクリトリス、中心にしたほうが良い？」

今まで満遍なく水を当てていたが、クリトリスに集中して当ててみる。

絶えず放出される水流が、つかさの……女の子の一番敏感なところを攻撃する。

「んやっ！　んんっ！　そこばっかり、んっ……だめっ、あっ……んんぁっ！」

「大丈夫。ダメなことなんてないから」

「舜くんっ……んっ、おまんこ、むずむずしてきて……んんっ、あっ……だめっ、これ……んぁっ、だめ、なのっ……！」

つかさがあまり見せない反応。

同じ部分をずっと責め続けるのが一番感じるってことなんだろうか。

それなら、と引き続き同じところを責め続ける。

「んあっ……やっ、ほんとにっ、舜、くんっ……！　んっ、やっ、だっ、めっ……あぅっ、んんぅぅぅ……！」

乳首を少し強めに引っかく。

そして、クリトリスをシャワーの水流で、感覚を麻痺させるレベルで、刺激し続ける。

「はあっ、んっ！　舜くんっ、ほんとにっ……んっ、だめ……ん、だ、めぇっ……んっ、やっ、ちがうの、きちゃうっ……！」

「イクならイッて良いからな」

「はあ、んっ、あっ……イキそう、だけど、ちがくて……そう、じゃなくて……んんっ、あっ、あっ、あっ、あっ……！」

つかさの体が震え出す。

でも……なんだか前につかさがイッたときみたいな感じじゃない。

「んぅっ、もう、だめっ……んんっ、だめだめだめっ……‼」

直後、つかさの体がビクンと跳ねる。

そして、割れ目から温かい液体が放出されていた。

「んんんっ‼　ひあ、あっ、あぁぁぁぁぁ…………‼」

しょわわわわ……

「あっ……え、これって……」

「やぁ、んっ……見ないでぇ………」

つかさの股下から、黄色い液体が放出されているのが見える。

じょぼぼぼ……と、シャワーの水流にも負けないくらいの勢いで飛び出ていく。

勢い良く出ているからか、俺の手首にも少しかかった。

「これって……おしっこ……？」

「はぅ……ぅぅぅ、だから、だめって……んっ……や、とまらないぃ……っ……」

じょぼじょぼと床に落ちて、飛散する。

排水溝に流れていく水が、少し黄色に染まっていた。

「はあ……はあ……舜くんの前で、おしっこ……しちゃったよぉ……んんっ……はあ……」

体が震えてるから、おそらく軽くイッたんだろうけど……。

まさかおしっこが出るとは、思わなかった。

「はあ……はあ……はあ……舜くんのお風呂場、汚しちゃった……」

「……それより、俺もごめん。まさかおしっこ出るなんて」

「うぅぅ……恥ずかしい……」

「…………………」

初めて見た、女の子の放尿姿。

恥ずかしがりながら体を震わせるつかさを見ていて、俺は……。

「んあっ……舜くん、お尻でおちんちん……硬くなってる…」

「ごめん……つかさがおしっこしてるの見てたら、その……」

ペニスがすっかり元気になっていた。

当然だ。こんなの見せられて、興奮しないわけ……。

「つかさ……もう俺、我慢できないんだ」

「え……あっ」

その場にしゃがんでつかさを抱える。

「んっ……今、力抜けちゃってて……あっ……んっ」

つかさのことよりも、自分の感情を優先してしまう。

何も言わず、何も待たず、おしっこが残る割れ目にペニスを挿入する。

ずぶぶ……ずりゅりゅぅぅぅ……

「んんんっ……！　は、あぁぁぁぁぁ…………」

下から上に向かって突き刺す。そしてつかさもゆっくり腰を落としてきて、根元までずっぽりと埋まる。

「んんっ……はあ……この格好、だからかな……んっ、はあ……はあ……おちんちん、おまんこの一番奥に、ちゅってしてる……」

つかさの言う通り、前からよりも、後ろからよりも、一番奥に届いてる気がする。

「舜くんのこと……いつもより、感じる気がする……んっ、はぁ……」

「俺もつかさのこと、いつもより、いつも以上に感じるよ。お尻もすごく熱い」

俺の下腹部に乗っているつかさのお尻から感じる熱が、とにかくすごい。

体温上がり過ぎじゃないか？　と思うくらいに熱い。

「さっき舜くんに、おしっこ、出させられちゃったから……」

「だからなのか？　もしかして、おしっこするの、気持ち良かった？」

「……うん……無理やり、舜くんに……おしっこ出させられるの……良かった……」

照れながら言うつかさに、思わずペニスがびくんと反応する。

やばい……こんなつかさを見てたら、精子が何体いても足りない。

「んっ、おちんちん跳ねた……はぁ、んっ……おまんこ、むずむずって、してきちゃう……このままじゃ……もどかしいよぉ……」

「つかさのおまんこ、すごい……ぐじゅぐじゅだ」

入れてるだけなのに、どんどん愛液があふれ出てくる。

繋がってるところから滲み出てきて、もう股間周りがぬるぬるだ。

「舜くんが、ずっとおまんことおっぱいいじるから……んっ、おちんちん、迎える準備、できてたんだよ……？」

膣内の肉がめくるめく形を変えていく。

まるで生きているかのように、縦横無尽に動いて、ペニスを刺激する。

「いっぱい、おまんこじゅぶじゅぶってして、こすって……気持ち良い証、たくさん出して……」

つかさのその言葉を合図に、力強く腰を突き上げる。

ばちっ、と激しく腰がぶつかる音がして、お互いの体が大きく揺れる。

肉壺の中の愛蜜が、ペニスを奥に突くたびに激しく飛び散っていく。

「は、ああっ、んっ……んぁっ……んくっ……あっ、んんっ……はぁぁっ……あっ……んっ……」

下から突き上げながら、つかさの弱点でもある乳首をくりくりといじる。

するとやはりと言うべきか、如実に反応を顕にしてくれる。

「あっ、やっ、んっ……また、おっぱい、んっ、んんぁっ……！　ちくび、こりこりって……んぁっ、されて……あああっ」

つかさのことは、やっぱりずっと責めていたい。

「ちくび、んっ、されながら……おまんこ、じゅぼじゅぼって、なか、かき乱されちゃ、あっ……んっ……ああっ……」

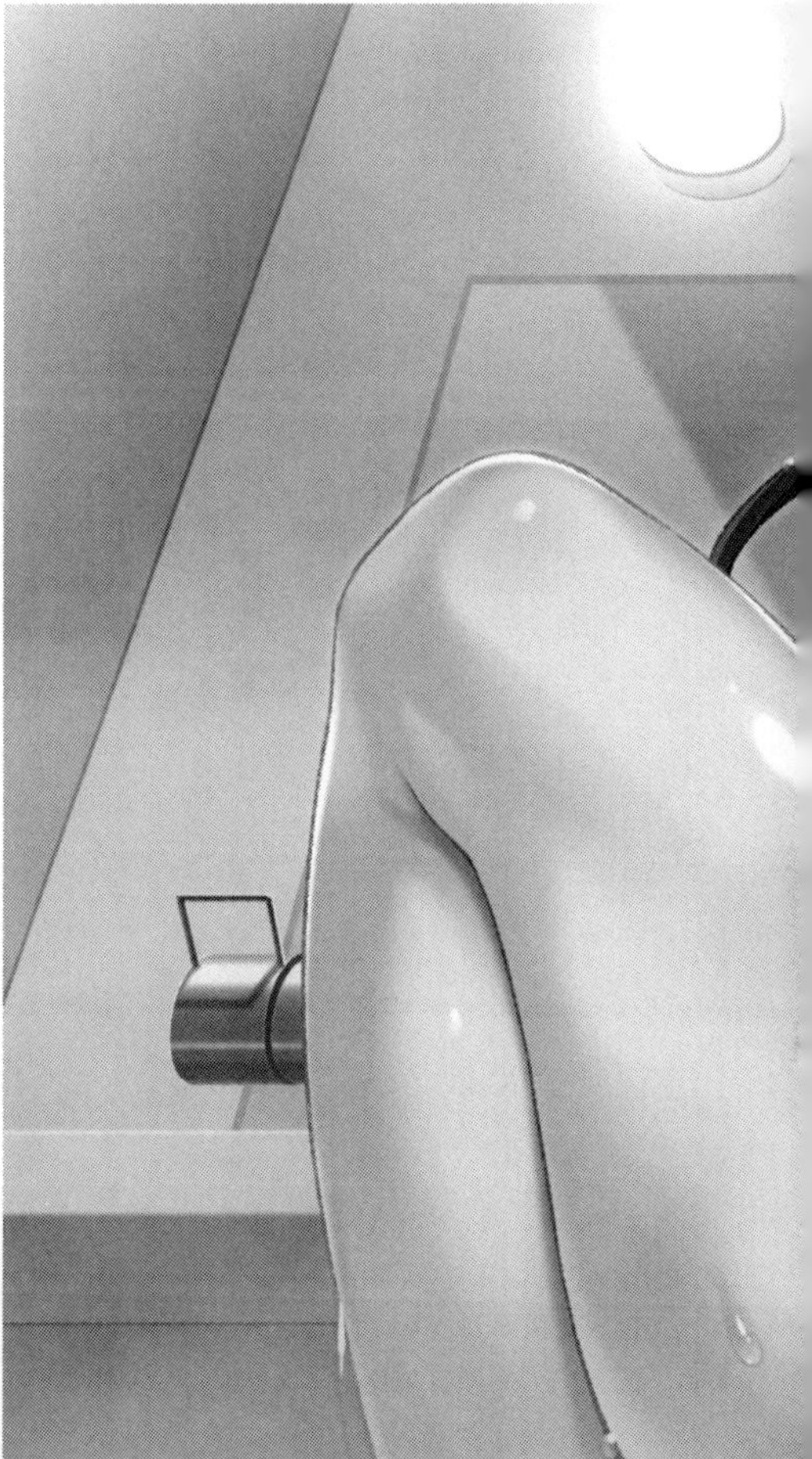

「ちくびいじると、おまんこがぎゅって締まるんだよ。ほんとにここ、感じるんだな」
「んっ、あっ……そう、なの……んっ、舜くんに、ちくびぐりぐりってされたり、つまんでこりこりって、されたりすると……っ、はあ……はあっ……」
そのままずっと感じていて欲しい。

俺がすることでつかさが気持ち良くなってくれてるのが、すごく……嬉しい。

「だから、おちんちん、おまんこに入ったら……んっ、もう、離したくないの……っ、んあぅっ！」

ぐぷぐぷ……じゅぶじゅぶ……ばちゅばちゅっ……。

卑猥な音が室内に響く。

愛液と我慢汁が激しく混ざり合って、泡立っていく。

「んっ……はあ、はあ…これ、このかっこうでするの、すごく……きもち、良いっ……んぁっ、あっ……はぁ、はぁ……」

「ああ……俺もすごく気持ち良いよ……っ」

「舜くん、見えなくて……ちょっと、こわい、けど……っ、でもっ……んっ、舜くんの声、聞こえるから……んっ、ちゃんと、舜くんとえっちしてるんだって……わかるから……んっ、はぁっ……っ……」

「後ろからされるの、好きなんだな。つかさは」

「そうなのかも……んっ、でも……んっ、向き合ってするのも、すき、だよ…？　んっ……はぁ、はぁ……あんっ、んっ…！」

今の告白は、向き合ってのセックスもしたい、という意思の現れなんだろうか。

だとしたら……愛らしい……。

次するときは……いや、そのときに決めたい。

感情の赴くままにするのが、一番気持ち良い。

「舜くんっ……んっ、はあ……んぁっ、ちくび、っ、ああっ……びりびりってしちゃう……っ、つままれて、からだ……がくがくって、震えちゃうっ……！」

「おまんこ、どんどんきつくなってくるぞ……」

今までにないくらいの締め付け。

ペニスが千切れそう……というのは言い過ぎだけど、でも、そのくらい締め上げてきてる。体が勝手にひとつになろうとしてるみたいだ……。

「はあ、はあっ……感じちゃって、んっ、おまんこ……閉じちゃうのっ……んっ、おちん ちん入ったまま、んっ、あっ、んあっ！」

「わかるよ……すごく、閉じてきてる……っ……これ、やば……っ」

「おちんちん、おまんこに入ったままで……私のものに、したくなっちゃうの……んぁっ、あっ、あんっ、んっ」

つかさの言葉に呼応するように、肉壁がぐにゅぐにゅとうごめく。

ペニスをにぐるりと、渦を巻くように絡みついてくる。

「俺も、つかさとずっとつながったままが良いな…っ」

「んっ、ほんとっ…？ んんっ、はっ、あんっ、うれしぃ、っ、んんぁっ、はぁんっ！ んくぅっ、ひっ、あっ、んんっ、ぁああ！」

つかさの熱を感じながら、壺の内壁を擦って、さらに摩擦させていく。

ダメだ……もう、気持ち良過ぎて、何も考えられない……。

というより、考えたくない。今はつかさとのセックス以外のことを、考えたくない。

「んあああっ！　んぁっ、はあ……んっ、おちんちん、あばれて、ふくらんできて……んぁっ、ひっ、あっ、ひああうっ……！　んぁっ、あんっ、んくぅっ……！」

「つかさのおまんこだって……っ、くっ……暴力的、だよ……っ！」

「おまんこっ、ひろがっちゃ、うっ！　ふあっ、んっ、おちんちんおっきくなって、あっ、あっ、んっ……おまんこ、ひろげ、られちゃうっ、んんんんっ！」

膣内を拡張しようとするペニスと、縮もうとする肉壺。

互いの力が同じくらいのレベルでかかって、反発し合う。

「くっ……あ、はぁ……すごい、絡みついてくる……」

肉ヒダがペニスに引っかかって、そのまま外に出てしまいそうな感覚。

焼け落ちそうなほどにとろとろになった膣内が、ペニスを巻き込んでいく。

快楽の壺にはまっていき、抜け出せなくなっていった。

「はぁ……つかさ、俺……もう……我慢できない」

「うん……んっ、私も……もうっ、はあ、あっ、んんっ……！　イッちゃう、んぁっ、あっ、あんっ、んくっ、くふぁっ……！　あうっ、んんんっ！」

もう無理だ。

あと数回擦ったら出る。それがわかる。

熱い塊が、早く外に出たがってる。

「じりじりって、おまんこ……いちばん、感じてるのっ……んぁっ、はあっ、んっ、んくっ、ああっ、あっ、あんっ、んっ！　んあああっ、あっ、ああああああ！」

ばちゅばちゅと結合部から響く淫靡な音が、射精を促していく。

下腹部にたまった熱が、一気にペニスを通っていった。

「つかさ……いくっ……！」

「んあっ！　んっ、私も、っ、いくっ……んんっ！　いっちゃ、うっ！　んぁっ、あっ、ひあぅっ！　んぁあああっ！」

びゅくっ！　びゅびゅびゅびゅびゅゆっ……！

「はっ、んあああっ‼　はあぁぁぁぁぁぁっ‼」

お互いに絶頂を迎える。

下から上に向かって出るというのに、射精の勢いはすさまじかった。

びゅっびゅっ、と膣奥に当たって跳ね返ってきてる。

「はーっ……！　んっ、はあーっ！　はー……っ‼」

精液が膣内を汚していくのと同時に、膣壁が隙間なく閉じようとしてくる。

きゅうきゅうとペニスを締め付けて、射精が止まりそうになった。

「はぁっ……あ、ああ……っ……はあ、はあっ、はあっ」

つかさは思い切り体を反らして、激しく絶頂している。

呼吸も荒く、体が小刻みに震えている。

体の自由がきいていないのか、数秒間その体勢のままだった。

「はあ……はあ、はあ……んっ、舜くん……すごい、イッちゃった……はあ……はあ……」

「すごいイキ方だったもんな。あんなつかさ、見たことないよ」

「うん……はぁ、はぁ……せいえき、たくさん入ってきて……びゅびゅって、おく、当たってる……んっ……はあ、はあ……」

乱れる呼吸がなかなか戻らないつかさ。

呼吸に合わせるように、膣内もきゅうきゅうと鳴くようにうごめいていた。

「きもち、よ過ぎて……ちから、入らない……んっ、はあ……はあ……」

「良いよ、そのまま倒れてても」

「はあ……はあ……だい、じょうぶ……んっ、舜くん……きもち、良い……」

絶頂の余韻に浸り続けるつかさ。

あのつかさがこんなに乱れるなんて……恋愛を自粛してたのもあるか……。

「おちんちん……まだおまんこの中で……びくびくって、してる……んっ……はあ……まだ出したそうにしてるみたい……はぁ……はぁ……」

「いや、さすがにもう出ないよ」

ふっと力が抜けたつかさが、俺に寄りかかってくる。

「大丈夫か？」

「うん……ごめんね……もう少し、このままでいさせて……」

「ああ。いつまでもこうしてて良いぞ」

つかさを優しく抱きとめる。

イッたあとのつかさの甘美な香りが、鼻孔をくすぐった。

「ありがとう……………んっ……はぁ……」

しばらく繋がったまま、お互いの温もりを感じ合った。


「お風呂ありがとう。気持ち良かった」

「ああ。ふたつの意味でな」

再び汗をかいてしまったので、シャワーで流してから浴室を出る。

脱衣所で談笑しながら、体を拭いて着替えた。

「もう帰るか？　さすがに良い時間だしな」

「うん。ごめんね、急に来ちゃって。でも、おかげですごく楽しかった」

「良いよ。俺もふたりきりになれて良かった」

つかさのサプライズ、第二弾だな。さすがに今回のほうが驚いたけど。

外にいる、ってのは最初は戸惑ったけど……良かったな……。

着替えを終えて、つかさを家の前で見送る。

「じゃあまた明日、学校で」

「うん。意見書、減ってると良いね」

「だな」

「それじゃ、バイバイ」

つかさが見えなくなるのを確認して、俺も部屋に戻る。

一週間、みんなの前では目立つようなことは控えたつもりだ。

これで何かしら好転してると良いんだけど………果たして。

◆　◆　◆

「意見書、全然減ってないよぉぉぉ……」

翌日。監査部には相変わらず、以前と同様の意見書が届いていた。

接触は極力避けていたつもりだったけど……でも、噂の力のほうが強かった、ってことか。

「やっぱり、みんなに認めてもらうように頑張るしか……」

そうするしかなさそうだ。

「でも、どういうふうにするか考えてあるのか？」

「ちゃんと事細かく説明するの。私が前に許可した申請書みたいにね」

「あー」

俺が監査部に入ったばっかりの頃に言われた気がする。

でもそのカップルって、その後別れたんじゃ……。

縁起が良いとは言えないけど、今はそんなこと言ってる場合じゃない。

「やってみよう。俺のは失敗しちゃったし、つかさのに賭ける」

「うん」

つかさは、俺たちが付き合ってる理由を書いた紙を用意する。それを、みんなが見られるように、廊下の壁に貼っておくことにした。

これでなんとか収まることを祈りたいけど……。

◆　◆　◆

「また増えちゃったよぉぉぉ……」

反対意見がさらに増えた。

「みんな私たちのこと、認めてくれないってことだよね……」

認めたくない……みたいなことか。それとも……。

「ルールも私たちの関係も、納得してもらうの難しいね……」

「ルールも関係も、か……」

突然、監査部のドアが誰かに叩かれる。

「うわっ！　なんだ……？」

「部長！　いますか！　いますよね⁉」

「こんなのおかしいですよ！　部長！」

「部長！　私たち一般学生の申請も認めてください！」

意見書を送った人たちだろうか。今回の件に不満を持つ学生が、ついにここまで……。

「ど、どうしよう……」

「俺が対応するよ。つかさは一旦離れてろ」

「え、でも……」

「良いから。今出てったら何されるかわからないぞ」

「うん……」

部室奥のデスクの後ろに隠れるつかさ。

俺は一度深呼吸してから、部室のドアを開けた。

「部長はここにはいません」

「あっ！　お前は！」

「部長と付き合ってるやつ！」

「本当は俺が付き合うはずだったのに！」

なんなんだ……？　いきなり言いたい放題……。

「勝手に話進めるなよ」

「部長いるんでしょ⁉　出てきてください！」

「だからいないって」

「気を感じますよ！」

「嘘つけ！」

というかこの男ふたりは、単純につかさと恋人になりたかっただけじゃね……？

それを認可不認可の騒動にかこつけて来たって感じがする。

「くっ……俺たちは負けた、負けてしまったんだ……！　くっそー!!」

男子ふたりが涙を拭いながら、ダッシュで立ち去る。

本当になんだったんだ……。

そして、この場には女子がひとり、残った。

「部長……いないんですよね」

「え……ああ。今は」

「わかりました。それじゃあ……また来ます」

そう言って廊下を歩いて行く女子。ひとまずなんとかなったけど……。

学生がいなくなったのを確認して、つかさがデスクの下から出てくる。

「ごめんね……私の代わりに……」

「良いんだ、気にするな」

明らかに元気のないつかさ。

いつものニコニコ顔ではなく、しょんぼりとしている。

「……………」

さっきつかさが言ってた、ルールと俺たちの関係についてだけど……。

「……なあ、つかさ」

「？　どうしたの？」

「つかさが不認可を出してたのって、ルールに引っ張られ過ぎてたんじゃないか、って思うんだ」

「え……」

「前に、お父さんが考えた法律だから、自分がちゃんとしないと、って言ってたよな」

「うん。私がやらなきゃいけないことだと思ってるよ」

「それって、恋愛を知らなかった頃のつかさじゃないか？　使命感が先に立ってたときの」

「………」

「付き合ってからのつかさ、本当に楽しそうでさ。いつも笑ってくれてて。俺のために泣いてくれることもあったし」

まぁ、自分で墓穴掘って泣くこともあったけど。

「そういうのが自然なつかさだと思うんだ。ルールを守ろうとするのも良いけど、一緒に映画観て、パンケーキ食べてニコニコしてるのが、本当のつかさなんじゃ、って」

「………」

「で、それが恋愛なんじゃないかなって」

「あ……」

「たぶんもう、つかさもわかってるはずだよ。恋愛がなんなのかって」

そんなに難しいことじゃない。その人といるだけで楽しくなれる。それだけ。

「うん……舜くんの言う通り、だね」

黙って俺の言葉を聞いていたつかさが、ゆっくり口を開いた。

穏やかに微笑みながら、言葉を続ける。

「私も舜くんと遊んでるとき、すごく楽しかった。この思い出、一生大事にするものなんだろうって、すぐに思ったの」

つかさも俺と同じ気持ちだったみたいだ。恋人だったわけだから疑ってはいなかったけど、口に出して言われると嬉しいな。

「それが恋愛ってことなんだよね。なのに私、恋愛がなんなのかわかってたのに……」

恋は盲目、ってことなんだろうか。俺も、つかさといるときは、つかさ以外のことが目に入らなかった。

それを、つかさも感じてたのかもしれない。

「本当の目的、忘れちゃってた……もっと、みんなの気持ちに寄り添わないといけなかったのに……」

監査部の部長として失格だね、と苦笑いを浮かべるつかさ。

声色は明らかに落ち込んでいた。

　ふと、意見書の束が目に入る。これを送ってきた人たちも……ただ自分の素直な気持ちを、受け入れてもらいたいだけなのかもしれない。

「落ち込まなくても良いんだよ。これから頑張ればさ」

「でも……今まで私……」

「俺が協力するよ。今まで助けられっぱなしだったけど、今度は俺が助ける番だ。恋人なんだから、頼ってくれて良いんだよ」

「舜くん………」

　みるみるうちに、つかさの目が潤んでいく。

「うっ……ひっ、く……ぐすっ……うわぁぁぁぁぁぁ………」

「あはは……泣くな泣くな」

　そして涙が溢れてしまった。これももう、何度目だろう。

「だって、だってぇぇぇ……そんなふうに、言われたら……嬉しくて……っ……」

　号泣するつかさを抱きしめる。いつになく、体が小さい気がした。

「俺たち恋人なんだからさ」

「ううう……ひぅっ、ぐすっ……」

「もう大丈夫だよ。つかさが自分の気持ちに素直になれば、誰も文句なんて言ってこないよ」

「うぁぁぁぁ……っ……！」

「俺の制服びちゃびちゃだ」

「ごめんねぇぇぇぇ……！」

「つかさのだから良いよ」

「ありがとぉぉぉぉ……！」

「明日からまた頑張ろう。ふたりで」

「ぅっ……ぅぅ……ぐすっ……っ……」

震えるつかさを強く抱きしめる。すると、つかさもしっかりと、抱きしめ返してきてくれた。

「うんっ……！」

◆　◆　◆

それから数日後。恋愛監査部は新しく生まれ変わった。

「今日も結構きてるみたいだな、申請書」

「うん。全部見るの、大変だけど頑張ろ」

届いた申請書に目を通すつかさ。

認可不認可のバランスは、明らかに変わった。不認可をすることは、ほぼない。ほとんどは認可の印を押し、申請者にシールを渡す。

さらに、以前まで不認可を出していたものも、再度審査。

結果的にほとんどの申請が認可されるかたちになった。

それだけ、恋愛っていうものがなんなのかに気付いたからだ。

「この人たち、良い関係になれそう。今度ナイトプールにも行くんだって」

「行きたいのか？」

「舜くんと行ったら楽しそうだなぁって。……けど、夜のプールってなんだかえっちなこと、しそうだよね。みんなに見つからないように……って」

「あるかもな」

つかさの妄想する癖は変わってないけど、それで不認可にすることはない。

節度さえ守れば、人が誰と付き合おうが、止めることはできない。止めちゃいけない。

恋愛感情は、押さえつけたり縛り付けたりしちゃいけないんだ。

「みんな、自由に恋愛してくれたら良いね」

「ああ。やりたいことやるのが一番だからな」

「私たちも、ね」

「おう」

これから先、もしかしたら社会のルールや法律が、もっと厳しくなっていくかもしれない。

でも、それでも俺たちは、自分たちが信じるように、自分たちが思うように、付き合いを続けていきたい。

誰かに認めてもらうものではなく、自分たちがどうしたいか、だ。恋愛をする上で、誰かを好きになる上で、それを忘れちゃいけない。

「次の休みの日、どうしよっか」

放課後、ふたりで帰宅する。

「んー、そうだな」

「あ、そうだ。私の家、来ない？　今度こそ、成功させてみせるから」

「？」

「料理。見た目も味も、どっちも」

「あー。めっちゃ楽しみだ」

「実はちょっとずつ練習してたんだ。今度こそは、ね」

「ハードルあげておくよ」

自信満々のつかさ。これは期待せざるを得ないな。

「うん！　楽しみにしてて」

このつかさの輝く笑顔を間近で見られる。俺たちの間に、もう、距離はなくなっていた。

エピローグ

監査部の騒動から少し経った。時間が経つのは早いもので、またしても、定期試験が近くに迫っていた。

俺は例によって連日のようにつかさの家に通い、苦手教科について教えてもらう日々が続いていた。

「該当文章における『雨』は、なんのメタファーか説明しなさい」

「主人公の悲しみ」

「正解。じゃあこのとき、彼はなぜ声を荒らげたのでしょう？」

「えっと、善意と悪意の間で揺れてたから？」

「正解。じゃあ最後、私の名前を使って短文を作りなさい」

「いつかさ、海外旅行しようぜ」

「わぁ、二億点」

たか。

「うん。もう大丈夫じゃないかな」

つかさに熱心に教えてもらったかいもあり、だいぶ自信がついてきた。

「ありがとう。これでなんとかなりそうだ」

しかし、定期試験のたびに付き合ってもらうの、悪い気がする。

けどそれは言わない約束だ。恋人同士、そういう気遣いは無用、とふたりの間での約束だ。

「ふふ、お疲れ様」

「ひと段落したら腹減ってきた」

集中してると、人は腹が減るものだ。今にも腹が鳴りそう。

「本当？　なら、ちょっと遅いけど、お昼ご飯、作ろっか？」

「良いのか？」

「うん。ほら、前にも話したけど、今度は成功させてみせるから」

そういえば言ってたな。密かに練習してるって。

ここでその成果を味わえる、ってことか。これは楽しみだ。

「何か手伝うことあるか？」

「ううん、大丈夫。ここでゆっくりしてて」

そう言い残して部屋から出て行くつかさ。かなり気合い入ってるな。

「…………」

空回りしないと良いけど……。

「うわぁぁぁぁぁぁぁん……」

「うわっ、どうしたよ」

しばらくして、つかさが号泣しながら部屋に戻ってきた。

「……怒らない？」

「怒らないよ」

「あのね、今日はイタリアンでも作ろうと思ったの」

「イタリアン…………パスタ？」

「アクアパッツァ」

本格的。全然イメージと違ったわ。

で、つかさが持っているものを確認する。

前に作ってもらったものだって、形はすごかったけど味はいけてたんだ。今回だってそうに違いない。

「………」

「やっぱり変、だよね」

「いや……えっと……」

アクアパッツァという見た目ではない。形が崩れてて……なんというか……。

「現代アートって感じ」

「うぅ……ぐすっ……違うのぉ……現代アートを作るつもりはなかったのぉ……」

「ごめん。言い過ぎだよ」

号泣するつかさから話を聞く。

魚が途中で崩れたからなんとかしようとしたら、余計に見栄えが悪くなってしまったらしい。

「ごめんね、私がひとりで食べるから……うぅ、いただきます……」

「いやいや、食べる食べる。腹減ってるし俺」

「い、良いよ、お腹壊したら大変だし」

「だったら余計、つかさには食べさせられない」

そしてアクアパッツァを口に運ぶ。さて……お味は……。

「…………」

「舜……くん……？」

「……つかさ」

「な、何？」

「レシピ本だぞう」

「へ？」

信じられないくらい美味かった。ほんと、なんでこうなるんだろう。

「食べてみ。マジ美味い」

「うん……」

おそるおそる、アクアパッツァを食べるつかさ。

「…………本当だ。ちゃんと美味しい」

「だろ？　前よりも腕上がってるって絶対」

「そ、そうかな」

ちょっと照れるつかさ。

「あ、あのね……実は他にも作ったのがあって」

「お、持ってきてよ。食べたい」

「うん、ちょっと待ってて」

部屋から出て行くつかさ。そしてすぐに戻ってくる。

「……これ、なんだけど」

「………………」

見た目はとんかつっぽい。でも見た目から当てるのは無理だ。

「唐揚げか！」

「ライスコロッケ……」

「イタリアンって言ってたもんな。ごめん」

「ぅっ……本当なら真ん丸になるはずだったのに……っ、ぐすっ……うわぁぁぁぁぁん」

「泣くな泣くな。とりあえず食べてみるから。いただきます」

ライスコロッケをいただく。

「む……」

「ど、どう……？」

外はさくっと、でも中はとろっと。ボリューミーなうえに風味があって……。

「めっちゃ美味い」

「本当に!?」

「ああ、冷えてても全然食べられそうだし。これがお弁当に入ってたら、嬉しい」

「よ、良かったぁ。じゃあ、次はこれ」

そうして三品目が差し出される。

ちょっと水っぽい気がする。全体的にドロッとした感じ。

イタリアンということを考えれば、答えはひとつ。

「リゾットだ！」

「肉じゃが……」

「イタリアン路線は!?」

「じゃがいもが粉々になっちゃって……ぅぅ、しかもいっぱい出汁吸っちゃって……うわぁぁぁぁぁぁぁぁん」

「わ、わかったわかった。泣かなくて良いから」

つかさをなだめて、いざ実食。

「………………」

「どう、かな」

「すごい……」

舌の上に載せた瞬間、ふわっとなくなる。その瞬間、凝縮された濃厚な白出汁の味が口全体に広がって……。

「めっちゃ美味い」

「無理してない？」

「食べてみ。ほら」

「あむ……っ……」

つかさに食べさせる。怖がってるみたいだけど……。

「‼　美味しい」

「だろ？　練習の成果、出てるじゃん」

「そうかな？　そう思う？」

「ああ。これ、残りも食べて良いか？」

「うん、もちろんっ！」

こうして、つかさの料理を心ゆくまで楽しんだ。

見た目は……つかさの思い通りにはいかなかったみたいだけど、とにかく美味しい。

こんな料理を作ってくれる彼女がいるなんて、幸せ過ぎる。

勉強会と食事会を終えた俺たちは、気分転換がてら外を歩く。

ずっと座って勉強しっぱなしだと、変に疲れちゃうしな。

「夜は涼しいね。風も気持ち良い」

「だな」

ふたりでそのまま並んで歩く。

外を歩いている人は……見当たらない。ふたりだけで夜の住宅街を抜け、そして公園へと向かう。

「つかさの料理、ほんとに美味しかったよ。また作って欲しいな」

「うん。食べたくなったらいつでも言ってね」

どこかに出かけたときにお弁当作ってもらう、とかっていうのも良いかもしれない。

でも、作ってばっかりっていうのも……。俺も何かお礼というか、つかさに喜んでもらえることとしたいな。

「料理のお礼。何かしたいんだけどさ」

「え。良いのにそんなの。恋人同士なんだよ？　そういうのナシだよ」

「でもさ。これは俺がどうしてもしたい、っていうか」

「そ、そうなの……？」

「ああ。男として譲れない、みたいな」

「………」

何やら考え込んでいる様子のつかさ。さて、何が出てくるか。

「じゃあ………キス、して」

「へ？」

「ダメ、かな……？」

「いや、良いけど……べつにそれならいつだって……」

「今ここで、したいの……私たちの始まりの公園で……したこと、ないから……」

「…………………」

しん、と静まりかえった公園。

そうか……たしかに、付き合ってからは、あんまり公園に来ていない。

思い出の場所、だもんな。

「ん……」

「んっ……ちゅ……っ、ちゅぷ……っ、はぁ……んぅ、舜、くん……っ……ちゅっ……」

不意打ちでつかさの唇を奪う。

一瞬驚いた様子のつかさだったが、すぐに舌を絡めてきた。

「はぁ、ん……ちゅ……っ、んあ…………はぁ……舜くん……すごく、気持ち良い……」

「俺もだよ………」

肩を抱き、お互いに見つめ合う。

キスをして、ふたりの気持ちが高まる。心臓がドクンドクンと跳ね上がって、このあとの行為を、期待していた。

「ねえ……舜くん」

つかさの視線が、公園の隅の茂みに向いていた。

「わかった」

つかさを連れだって、茂みへと移動する。

体がすっかり火照って、熱い。つかさの顔も、赤くなっていた。

「舜くん……仰向けになって……」

言われるがままに、地面に寝る。

なんだかこの眺め、小さい頃のことを思い出す。

ただ、やることは年頃の少年少女というか……。

あの頃と違うのは純真か不純か、ということ。

でもまぁ……これなら不純でもべつに良いよな。

「んっ……！」

つかさの割れ目で口を塞がれる。つかさのお尻が、俺の顔の上に……。

「んぶ……っ……！」

むわっとした熱気と、しっとりとしたぬめりが顔を覆った。

もうこんなに……濡れてたのか……。

「はぁぁぁ……舜くんの顔、私のおまんこに当たってる……ん……はぁ……これだけでも、気持ち良い……んんっ……はぁぁぁ…」

口を鼻が覆われる。

「んむ……ぷぁ……」

なんとか呼吸ができるようにする。

じわりとにじみ出る愛液を、舌で軽く撫でるようにして舐め取った。

「んぁっ！　んっ……はあ……舜くんの舌、おまんこ撫でてる……っ……んぅ……はぁ……んっ、はっ、あぁ……」

割れ目に吸い付くようにして、つかさの愛液を啜る。

じゅじゅじゅ、と音がして、俺の口内に甘い液体が飛び込んでくる。

「舜くん……んっ、私のおまんこ……お口に当たってる……どう、かな……ぁっ……んっ……」

「ん……すごい、つかさの味がする……」

「ひゃぅっ……んっ、おまんこにお口当てながらしゃべると、んっ……じんじんって、震えちゃう……」

どんどん愛液が漏れてくる。とろとろで、口に入りきらない。

「今日は私が……んっ、舜くんのこと……攻めちゃうね……はぁ……はぁ、んっ……」

ゆっくり、つかさが腰を前後に動かす。

ほんの少しだけだが、それでも十分なくらいに口の上でおまんこが擦れる。

それが刺激になっているのか、つかさの口からさらに甘美な声が漏れた。

「んっ、はぁ……はぁっ、ひゃうっ……！　んっ……これ……んっ、おまんこが……こすれて、んっ……きもち、良いの……唇が、おまんこと……んっ、キス、してる……んはぁ、

はぁっ……んっ……！」

「んぷ……っ、つかさのここ、どんどん濡れてくる……」

愛液が止まらない。ずっと出てくる。

口から溢れて頬を伝っていくのがわかる。

「だって……んっ、だってぇ……舜くんのお口が、ぁっ、うぅ……気持ち、良いからぁ……んぁ、ひうっ……！　もっと……っ、んっ……私のおまんこ、舜くんの舌でもっと、ぺろぺろって、んっ……ぁあっ……！」

つかさに言われるがまま、俺は舌でつかさの割れ目を責める。

細い谷間に舌先を忍ばせて、かき分けるように奥へと伸ばしていく。

ぐちゅり……とやらしい水音が聞こえて、膣奥から分泌された愛液が口の中へ入ってきた。

「んく……っ、すごい……つかさのエッチな汁、止まんないな……」

「はぁ……はぁ、あっ！　んっ……もっと……そのまま、続けて……っ……ん、はぁ…はぁ……」

こんな体勢だからつかさの表情は見えないが、なんとなく、どんな顔をしているのかは想像がつく。

それを想像しながら俺は、舌でつかさの秘部を愛撫し続ける。

「れろ……じゅるっ……じゅぷっ……！」

「ひぁんっ！　んんぅっ…！　それ……ん、それぇ……っ、んぁ…おまんこ、吸われて……んっ、は、あぁっ…んぅぅ……！」

膣口を強く吸引すると、つかさの腰が一瞬跳ねた。

その直後、俺の口元をびしょびしょにするくらいの愛液が、一気に溢れ出る。大量に分泌される愛液は、より粘り気が強く、より濃厚なものになっていく。

「ぷぁ……めっちゃ出てくる……俺の顔、つかさのエッチな液体でびしょびしょだよ」

「ご、ごめんね……んっ、でも……んぁああ、気持ち良くてっ……んっ、とまらない、のぉ……んっ……ぁあああ」

つかさの体が少しずつ、小刻みに震えだす。

俺はさらにつかさの秘部を攻め立てた。

割れ目や穴だけでなく、端のほうにある小さな突起を、舌先でつつく。

つんつん、と舌先をなでてやると、それに応えるようにつかさの口から甘い声が漏れた。

「んあぁっ！　んんんっ！　そこ、んぁ……ぁ、はぁ……くり、とりす……んぁっ、やっ……んっ、かんじ、過ぎちゃ、ぁあっ……んんぁっ……！」

悦の声を漏らし続けるつかさのアソコを、さらに激しく責める。

舌先で突起を突き、転がし、膣口から滝のように流れる愛液を、音を立てて吸い込む。

「はぁ…はぁ、っ…ん、はぁ……たくさん、でちゃう……んっ、おまんこ吸われて…っ、はぁ……は、あぁ……っ、んぅ……！」

愛液の分泌量が徐々に増えていく。

膣口もその周りもすでにびしゃびしゃで、俺の口元から首まで、愛液で濡れている。

溺れそう……。

「つかさ、出過ぎだよ。いつの間にこんなに……エッチになったんだ」

「舜くんと、一緒にいると……んん、なっちゃうの……っ、んはぁ……は、あぁっ……がまん、できなくなっちゃうの……っ、おまんこぺろぺろってされて、くりとりす、つんつんされると……ぁっ、んぅぅ……!!」

「だからってこんなに……ほら、また……」

話している間にも、さらにどばどば溢れてくる。

「はぁ、はぁ…っ、あっ！　んっ……だ、め……っ、もう、きちゃう……っ、んんぅぅ……！　舜くんっ……んっ、私っ……も、ぅっ……んっ、イキ、そぉだよぉ……んんぁっ、はぁ……あっ、んっ……！」

「良いよ。このまま……思いっきり」

舌でつかさの膣内をほじるように舐め回す。

膣肉が舌を押しつぶすように、一気に締まっていく。

最後に、クリトリスを思い切り吸い込んだ。

「ひぁっ！　んっ、そこっ…！　んんぅっ、やっ…イクっ……イッちゃ、ぅぅうっ……！」

さすがに我慢できなかったようで、直後、一気に甲高い声があがった。

「んんん～～～～っっ！！！　はぁぁぁぁぁぁあ…………！」

ぷしゃっ、と愛液が飛び出して口内へ入ってくる。

つかさの体が小さく震えているのが感じ取れた。

膣内に差し込んだ舌にも、その振動が伝わってくる。

「はぁ、はぁ、はぁ……はぁ…んっ、はぁ……イッちゃった……舜くんにおまんこぺろぺろされて……っ……」

「めちゃくちゃにイッたな。口の中、つかさのでいっぱいだ」

つかさの甘い味がする。

それを俺は、残らず飲み込んでいく。

「あんっ……イッたばっかりだから、おまんこにお口あてて、しゃべると……んっ……はぁ……」

振動が伝わるんだろう。

腰をくねくねとさせて、もどかしさを振り払っている。

「はぁ……気持ち、良い……はぁ、はあ……はぁ、はぁ……」

「それなら良かったよ」

顔の上がねっとりしている。

つかさの匂いが染み込みそうだ。

「……舜くんのも、おっきくなってる」

当然だけど、あんなことをされて興奮しないわけがない。

起き上がって、つかさを樹木に押しつける。

「つかさ……！」

「へっ？　あっ、つかさのあそこにペニスを押し当てる。

後ろから、つかさのあそこにペニスを押し当てる。

「ちょっとまって……今は……っ」

ガチガチのペニスを、つかさの濡れそぼった膣口にあてがう。

「今、イッたばっかりで……んっ、だめだよ……っ、んんん……っ、やっ……あ……」

ペニスの先を膣口で遊ばせ、くちゅくちゅといやらしい水音を立てる。

これだけ濡れていれば、一気に入れてしまっても……大丈夫だろう。

そうしてペニスをつかさの奥まで突き刺した。

「んんんぅぅぅぅっ……！　はっ、あぁぁぁぁっ………！」

ぐちゅりっ――――！

「うわ………っ」

入れた瞬間、膣内から愛液がぼとぼとと溢れて地面に落ちる。

「おちんちん……奥まで、入ってきて……っ、だめ、なのに……ぃっ……」

「なんでダメなんだ？　さっきまで、つかさも乗り気だっただろ？」

「あんまり……つよく、したら……こえ、おっきいの出ちゃう……っ……」

「なんだ……」

そういうことか。

だったらべつに……思い切りやっても良いよな。

「はぁ、はぁ……おちんちん、奥まで、とどいてる……はぁ、っ……ぁ……んっ……おちんちん、おまんこの中で……びくびくって、してるの、わかるよ……」

「つかさのおまんこが、ぐちゅぐちゅだから……そうなっちゃうんだよ」

「んっ、だって……っ、舜くんのおちんちん、えっちだから……っ、はぁ…っ、はぁっ……私のおまんこも……反応、しちゃ……」

「もう動いて良いよな」

「え、あっ、待っ——んんんっ！」

つかさの制止を聞かずに、俺は腰を前後に動かす。

一度引いたとき、肉壷の奥に溜まっていた愛液が、一気に溢れ出た。

「ひぅっ！　んんっ！　やっ、だめっ…なのにっ……はぁ……んっ、はあっ……んんひぁうっ！」

「つかさがしようって、言ってきたんだからな……っ……」

「んっ、あんっ……だ、だけど……っ、んあっ……じゅぶじゅぶ……おと、でてる……っ、はぁっ、はあっ……！」

「さて、もっと気持ち良くなってもらうために、どんどん責めないと」

「そんなことっ……んっ、はぁ……はぁっ…あんっ、んっ…！　んぁっ！　だめっ……こえ、でちゃ……っ…！」

「出して良いよ」

「でも……っ、今度は……さっきよりも大きい声、出ちゃうから……っ……！」

するとつかさは、なんとか声を抑えようと我慢の表情を見せた。

「んっ……ふっ……っ……んっ……んっ、んふっ……はっ……はぁ……っ……！」

声は出さず、呼吸だけが漏れる。

「ぁっ……はぁ……っ、んぅっ……！　んっ、んっ……んっ……っ……！」

なんというか、ペニスを奥に突くたびに、声にならない声が漏れていて、それはそれで興奮する。

「そんなに我慢しなくても良いんじゃないのか？」

「だって……っ、んっ……んんっ、気持ち良いから……でちゃうんだもん……っ、んっ……はぁ……」

正直、誰かが通りかかったらバレるのは確実だ。

もう我慢するとかしないとか、関係ない。

だったら……思いっきり、楽しむだけだ。

「お、おっきい声出て、舜くんとしてるの……バレちゃう、から……んっ……」

「でも……このほうが、つかさも興奮するだろ？」

そう言うと、またきゅっと膣内が締まる。それが答えだった。

肉がペニスに絡みついて離そうとしない。

「っ！　そ、そうだけど……でも……っ……！」

「だから続けよう。俺だってもう、このままじゃ終われないし…」

「だ、だけど……っ」

「すぐだから」

そう言って俺は、さらに激しくつかさを突く。

じゅぶじゅぶと水の音がさらに大きくなっていく。

ふたりがつながっている部分から落ちた愛液が、地面にシミをつくっていく。

「はっ…んっ！　はぁ……はっ、んふっ……あっ、はぁっ……あっ、んんぅっ……！」

「うわ……締め付け、すごいぞ……」

膣内がまたひときわきつくなっていく。

ペニスがぎゅぅぅ……と圧迫されるような感覚。

せまくなった柔らかい壺を、かき分けるようにして押し進む。

「んっ！　んっ、んっ、んっ！　んひぁあっ!!　ひゃんっ！　んっ…もっ、だめっ……こえ、がまん、できなっ、あぁぁぁっ…！」

いつも以上に激しくつかさを突く。

つかさが手をついている木が、少し揺れていた。

「はぁっ！　はぅっ…！　んっ、あっ、あんっ、あんっ、んっ…！　んくっ、ひっ、あぅうっ…！　おまんこ、おくに……おちんちんっ、んっ……ちゅって、あたって、っぁあぁっ！　んひぁぅぅぅっ……！」

「声、出たな。もっと素直になって良いから」

絶えられなくなったのか、甲高い声が漏れる。

「でも……我慢してるの見るのも、すげえ興奮する」

ぶっちゃけ、どっちのつかさもすごく官能的なんだ。

「ひぁうっ！　んんんぅぅっ！　はぁぁぁっ……はぁっ、んっ…んくぅっ…ひぅっ……んんっ、んぁっ……あっ、あんっ、あっ！」

腰と腰がぶつかるたびに、ばちゅばちゅと愛液が弾け飛ぶ。

「おまんこ、じゅりじゅりって……おちんちんで、こすれてっ……っ、あつくなって、きちゃうぅっ…やけちゃうっ……！」

ペニス全体を、肉壁が絡みついて中から液体を絞り出そうとしてくる。

奥へ手前へと出し入れを繰り返すたびに、膣内が形を変えて、ペニスに襲いかかってくる。

入れた直後の生暖かい感覚から、ヤケドしそうなほどの熱を感じるレベルに変わっていた。

「やっ、あんっ、もっ……ちから、はいらないよぉっ…んぁっ、あっ、あんっ、んぁっ……たって、られなく、なっちゃっ、あああぁっっ！」

「大丈夫……俺が支えるから。そのまま……」

無我夢中でつかさを求めていく。

またさらに、つかさの膣内がきゅぅと締まるのがわかった。

徐々に絶頂へと向かっているんだろう。

それを感じ取ってしまったら……俺も自然と……激しくしてしまう。

「んんあっ！　また、はげしっ…あっ、あんっ…んっ、んんぁっ、おまんこ、こわれちゃうよぉ……っ、んあんっ、んんうぅぅぅぅっ！」

一気に射精感が駆け上がる。

今すぐに出したい……けど、名残惜しさもある。

「イッちゃう……んっ、舜くんっ、私……もうっ、イクっ、イッちゃうっ……んんぁっ、あっ、あんっ、んんっ、んっ、んっ、んっ、ぁあぁぁぁぁ！」

「俺ももう……イキそうだから……」

といっても、我慢なんてできない。

みるみるうちにペニスに血が集まっていく——

「うんっ、いっしょに……っ、ぁっ、いっしょに、いこっ……んんぁあっ！　あっ、あっ、あっ、あっ、あっ、ああっ！」

肉癖と愛液との摩擦がより強くなっていく。

じゅるじゅる、じゅぼじゅぼ——

音が聞こえて、公園中に響いている気がして……興奮してくる。

「んっ、あっ、はぁっ、あんっ…！　イクっ、舜くんっ…！　んんっ、イッちゃうっ、ぁっ、あんっ、んんんっぅぅっ！」

「あぁ……俺も、もう……イクっ……！」

「いこっ、いっしょに、んっ、あっ、イクっ！　あぅっ、んんひあぁぁっ！　んっ、いっ、くぅうっ！」

射精の瞬間、目の前が真っ白になった気がした。

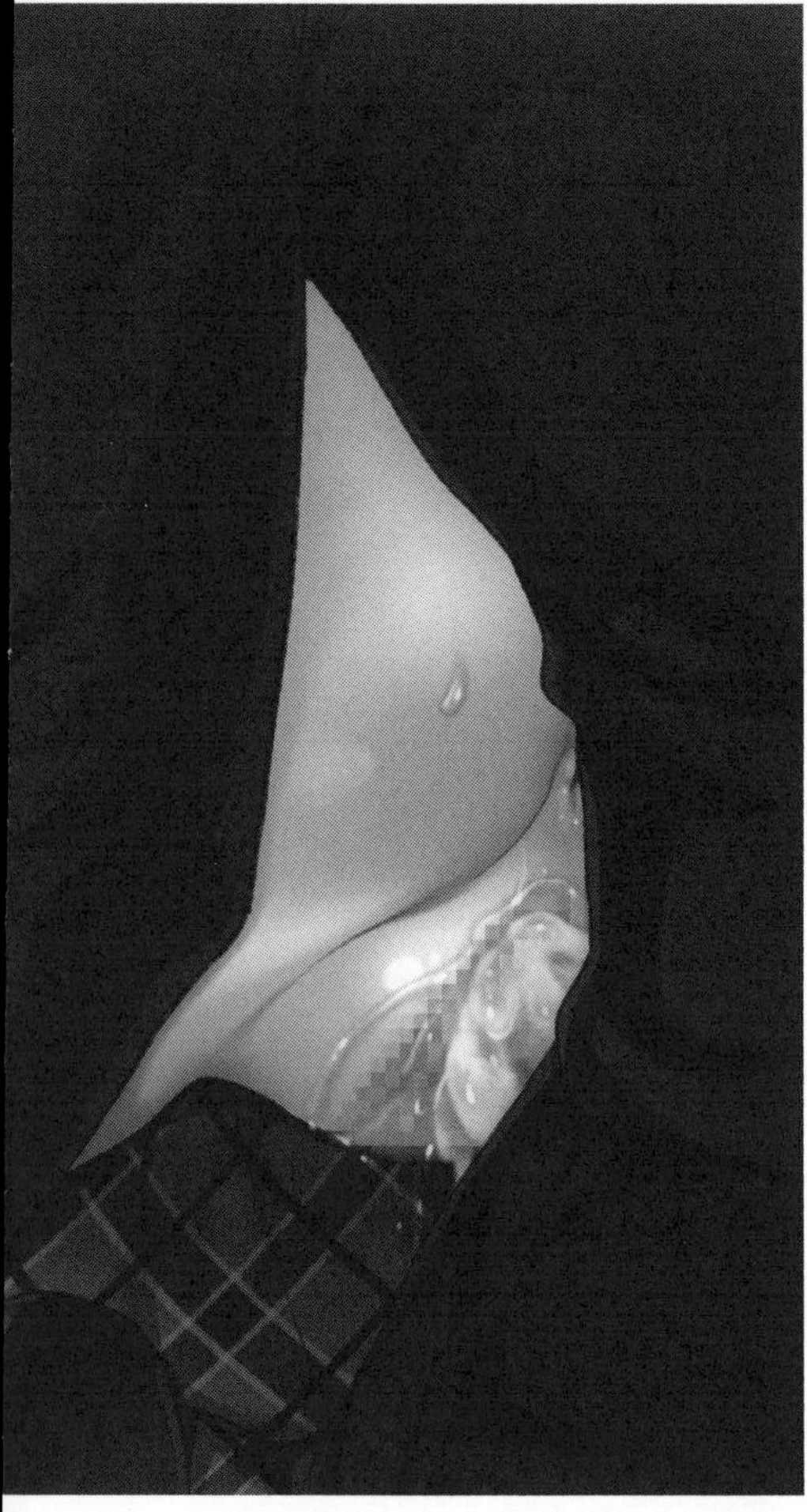

それだけ、快楽の頂に登り詰めた感があった。

「ひゃうっ！　んんんんぅぅぅぅぅぅぅ～～っ!!」

「うわ……きつ……」

膣内が一気に閉じる。

ペニスの根元からこみ上げてくる精液を、全て搾り取られるような……そんな感覚だった。

「ふぁぁぁあぁっ……！　んっ……あっ、はぁっ……はぁっ、はぁっ、はぁっ……！　なか……出てる、舜くんの精液、いっぱい……私のおまんこ、はぁ……はぁ……」

お互い、肩で息をする。

精一杯、全てを出し切って力が抜けてしまっていた。

「はぁ……はぁ……もう、できないよぉ……」

「いや……俺もさすがに……」

出し切った。それだけの量、出た気がする。

膣内が精液によって膨らんでしまってる。

ここからさらに続けられる体力は、残ってない。

「はぁ……はぁ……舜くん、だめって言ったのに……あんなにするんだもん……」

「ごめん……気持ち良過ぎて……。でも、つかさも興奮するって言ってたし」

「どうだった？」

「……それは……興奮した、けど……気持ち良かったし……っ…」

「なら良かった」

「はぁ……舜くんの精液、たくさんおまんこに入ってる……」

「あぁ……抜かないと」

ペニスがつかさの中に入ったままだったのを忘れていた。

引き抜こうと、腰を引く……が。

「待って……まだ、このままが良いの……抜いちゃったら……出ちゃうし……それに、もっと舜くんのこと……感じてたいから……」

「つかさ……」

そういうことなら、と、少し引いた腰を再度戻す。

「んっ……はぁ……またおまんこの奥、当たったね……やっぱり……ここに舜くんのおちんちん入ってるの、一番良いな……」

周囲に人がいたとしても、もはや気にならない。

俺たちはしばらくの間、つながったまま体温を感じあっていた。


「料理何回分のお礼だったんだろう。それくらい……してもらっちゃったね」

「いや、俺のほうこそ」

公園で愛し合ったあと、再び住宅街を歩く。

今度こそ涼もう。エッチに没頭し過ぎて汗をかいちゃったし。

「今日涼しくて良かったな。暑かったら……汗ダラダラでやばかった」

「そうだね。ふふ……ごめんね」

でも、汗だくでするのも……それはそれで良いかも……。

……そんなことばっかり考えちゃうな。

「そうだ。もう少ししたらなんだけど、お祭りがあるの。一緒に行かない？」

「ああ、良いぞ。つかさは何度も行ってるのか？」

夏といえば縁日。雰囲気は好きなんだよな。

祭り囃子が聞こえてきて、夜なのに活気があって……。

「小さい頃に何回かね。でも、やっぱり舜くんと一緒に行きたいから」

「そっか。行こう行こう。つかさとなら楽しそうだし」

「やったぁ。金魚すくいとかやりたいんだぁ」

彼女と祭り、か。楽しみだな。浴衣とかも準備しておこう。

「でもその前に、まずはテストをなんとかしないと」

「そうだね。でも大丈夫だよ。私と舜くんなら、絶対に」

そう言うと、つかさは軽く駆け足になって俺の前に出る。

「つかさ？」

「ねっ、今から神社行かない？」

「なんでまた急に」

「お祭りの話してたら、なんだか行きたくなっちゃって」

そういえば……俺も小さい頃、一度だけこの町の祭りに親と行ったことがある気がする。すごく楽しかったはずなのに忘れてたのは、きっと……セクハラを疑われたときのトラウマが大きかったからだろう。

「行くのは良いけど、何しに？」

「試験がうまくいきますように。あと、楽しい日々がずっと続きますようにって」

「楽しい日々、か……」

これから先のつかさとの付き合いとか生活とか……。

そんなことを脳裏に浮かべる。

たしかに、これは神様の力も借りたいところだ。

「なあつかさ」

目の前にいるつかさは、星空に照らされながら子どものように微笑んでいた。

以前の俺なら、これほど距離が近ければ、反射的に彼女から離れていただろう。

「？　何？」

でも、今なら胸を張って言える。過去のトラウマなんて、本当は存在しなかったんだ、と。

過去のことを思い出して自分を苦しめていたのは、自分自身だったんだ。過去なんて、向き合い方次第で、いくらでも解釈を変えられる。

大事なのはいつだって、今だ。

「……ありがとな」

「え？　どうしたの」

「いや、なんとなく」

「…………そっか」

少し驚いた表情をしていたつかさが、また優しい穏やかな微笑みをくれる。

「んじゃ、行こうか」

つかさの横に並び、手を取る。彼女の温もりが、俺の手から全身に伝わってくる。

「うん。一緒に」

そうして、ふたりでともに歩みを進める。

柔らかい月明かりと、ひんやりとした涼しい風が、やけに心地良かった。

あとがき　シト

初めまして。こんにちは。シナリオライターのシトです。

自由に恋愛ができない世界での恋愛物語、お楽しみいただけたでしょうか。

本作は私自身がシナリオを執筆したゲームを原作とした、ノベライズ作品となっています。原作の流れを踏襲しつつ、少しオリジナルのエピソードを盛り込んだり、ゲームでは物語中に入れられなかったエッチシーンを入れたり、アレンジを加えてみました。

男女接近法という、ちょっとおかしな法律が制定された世界でアプローチをかけてくる女の子たちを相手にする、もしかしたらそう遠くない未来で起こるかもしれない物語。ゲームシナリオのときもそうでしたが、ノベライズを執筆しているときも楽しく書くことができました。こういう、ちょっとばかり非現実的な話は妄想も捗るので、筆が乗りやすいんですよね。

本作ではつかさに焦点を置いた物語になっていますが、ゲームではアリカやみゆきとの会話劇やエッチシーンも楽しめますので、まだプレイされていない方は、この機会に是非プレイしてみてください。

最後に、ノベライズの機会をくださったパラダイム出版様にお礼を申し上げます。そして何より、本作を読んでくださった皆様、誠にありがとうございます。楽しんでいただければ幸いです。

それではまた、どこかでお会いしましょう。

ぷちぱら文庫

Honey《ハニー》*Honey《ハニー》*Honey《ハニー》！
-好意《こうい》全開《ぜんかい》妄想《もうそう》少女《しょうじょ》は心《こころ》も体《からだ》も近《ちか》すぎる-

2021年 2月12日　初版第1刷 発行

■著　　者　シト
■イラスト　大空樹
■原　　作　おうちじかん

発行人：久保田裕
発行元：株式会社パラダイム
〒166-0004
東京都杉並区阿佐谷南1-36-4
三幸ビル4A
TEL 03-5306-6921
印刷所：中央精版印刷株式会社

PP0382

既刊案内
LIKE×LOVE
~色川鈴音《カノジョ》と奏でる純愛ラプソディー~
無口クールなギタリスト彼女が
Hのときは結構Sで……
ぷちぱら文庫 379
著 ヤスダナコ
画 庄司二号
原作 rootnuko
定価 810円+税
好評発売中!